Les cœurs bombes

Du même auteur
chez le même éditeur

De rien ni de personne, 2020
Rivages poche n° 1032

Dario Levantino

Les cœurs bombes

Traduit de l'italien
par Lise Caillat

Rivages

Retrouvez l'ensemble des parutions
des Éditions Payot & Rivages sur

payot-rivages.fr

Collection dirigée par Myriam Anderson
et Delphine Valentin

Titre original :
Cuorebomba

Aux faibles, aux braves,
à ceux qui sont restés
seuls comme des chiens.

J'ai seize ans, une mère malade et toute une vie devant moi.

J'ai seize ans et j'ai compris une chose : les pères ont toujours détesté leurs enfants. Tout le monde le dit : même le journal télévisé, les psychologues et la mythologie !

Laïos, le roi de Thèbes, a d'abord estropié son fils Œdipe parce qu'il avait honte de lui, puis il l'a abandonné dans la montagne, comme un chiot bâtard sur l'autoroute.

Cronos, ses enfants, il les tuait carrément.

Mais il en a fait six. Il les faisait pour les détester.

Dès que sa femme Rhéa accouchait, Cronos arrivait avec sa tunique tachée et lui demandait : « Où t'as mis le *picciriddu*, traînée ? ! », il attrapait le bébé et le dévorait comme un sauvage. Le sang giclait, formait des flaques de rouille et de fer sur le sol ; puis venaient les cris qu'on entendait jusqu'à Athènes, jusqu'à Sparte, jusqu'à New York, car quand on comprend qu'on est détesté par son propre père rend fou de désespoir.

J'ai seize ans, un père qui me déteste et toute une vie derrière moi.

C'est une histoire absurde.

J'ai une histoire absurde.

Je m'appelle Rosario, comme mon grand-père.

J'ai un chien, une collection incomplète de vignettes Panini « Footballeurs » et un sweat à capuche.

Je le mets quand ça va mal, quand je suis déçu par tout et tout le monde, quand je ne veux pas être reconnu. Avec ma capuche, je ressemble à la statue de Giordano Bruno : mon visage disparaît, mes cheveux disparaissent et je me fonds dans la masse.

Giordano Bruno, mon personnage historique préféré. Lui et moi, on se ressemble terriblement : comme lui je suis originaire du Sud, comme lui je hais les règles insensées, comme lui j'ai un tas d'ennemis.

Que dire d'autre sur mon compte, sinon que j'habite à Brancaccio ? Ce qui devrait largement suffire à me cataloguer.

Quand les gens apprennent que j'habite dans ce quartier malfamé de Palerme, ils font des têtes bizarres. Ceux de la bonne société feignent une grimace de solidarité ; les fils à papa écarquillent les yeux comme s'ils avaient croisé la mort ; et les faux rebelles, nourris au rap et à l'argent de poche mensuel, sifflent pour me féliciter de vivre dans une banlieue pourrie, eux qui viennent des quartiers résidentiels où il ne se passe jamais rien et où... bla-bla-bla.

Ridicules !

Je viens de Brancaccio, oui, et alors ? Les gens imaginent quoi, que des eaux usées coulent dans mes veines ?

Que pour manger, je fouille dans les poubelles ? Que je dors avec un pistolet sous mon oreiller ?

Encore plus ridicules !

Brancaccio est une excroissance de béton armé et d'ordures. À Palerme, il n'existe pas d'endroit plus laid.

Il y a des poubelles incendiées, des immeubles squattés, des enfants de détenus avec lesquels on nous explique très tôt qu'il ne faut pas jouer. Avant, il y avait un distributeur automatique, dans la via Cirincione, mais après la dernière agression, il a été définitivement retiré. Le bureau de poste a été déplacé lui aussi parce que les petites vieilles se faisaient sans cesse piquer leur sac à main. Le seul lycée qui résiste a des vitres cassées : il est hanté par les rats, le froid et les drogués qui arrachent les portes.

Si tu ne vis pas à Brancaccio, mieux vaut garder tes distances, c'est sûr. Sinon, ça veut dire que tu cherches les ennuis, mon ami. De ma fenêtre, parfois, je vois passer des étrangers ; ils sont faciles à identifier parce qu'ils respectent les feux et que leur voiture n'est pas toute déglinguée. Je les connais bien, ces touristes-là : ils viennent pour la drogue, des pièces auto volées ou des prostituées italiennes. Car Brancaccio est le seul endroit où les prostituées ne viennent ni d'Afrique ni d'Europe de l'Est : elles sont palermitaines.

Brancaccio, c'est ça. À prendre ou à laisser.

Face à cette misère, heureusement, il y a la mer.

Quand les choses vont mal, tu vas sur la plage, et ce n'est pas que les choses vont mieux, elles vont toujours mal, mais au moins tu n'es pas seul.

Brancaccio, c'est mon quartier. À Palerme, il n'existe pas de plus bel endroit.

À la maison, nous n'avons plus d'argent.

Quand nous nous sommes retrouvés seuls, ma mère et moi, zia Carmela nous a dépannés parfois, mais, au bout de quelques mois, ses enfants l'ont enfermée dans un hospice, et adieu soutien.

Je me suis trouvé un petit boulot il y a quelques semaines : j'attends devant la caisse du supermarché, viale dei Picciotti, et j'aide les gens à porter leurs courses. Au début, le directeur me chassait parce qu'il pensait que j'ennuyais les clients, puis un jour, une vendeuse m'a laissé faire, et je suis devenu l'un des leurs.

Avec les clients, il faut savoir s'y prendre, ça s'improvise pas. Par exemple, tu peux pas leur parler en italien, parce que l'italien, c'est la langue des personnes cultivées, et ça finit par créer des barrières ; avec les clients, il faut parler sicilien, la langue de ceux qui partagent une condition avant de partager un destin.

Si je vois une dame très chargée, il suffit que je lui dise : « *Signora, lassassi fari a mìa, ca 'sta spisa è pisanti* », ou encore : « *Signora, si facissi dari una manu* », et hop, cliente assurée, cinquante centimes dans la poche.

Les bons jours, tu peux rentrer chez toi avec cinq euros ; les mauvais, avec une pièce ou deux.

Au lycée, les profs n'ont rien remarqué, ils ne semblent pas se soucier de mes absences répétées. Pour un gamin de Brancaccio, fréquenter le meilleur lycée de Palerme a de nombreux avantages, dont l'invisibilité : personne ne s'intéresse à moi. Ce n'est pas de l'indifférence, plutôt du mépris. Certainement pas de l'envie.

Depuis qu'elle a découvert que mon père a une autre famille, ma mère est devenue bizarre.

Elle a des cheveux de vieille, le contour des yeux froissé comme un ticket de caisse dans un poing serré, et depuis quelque temps, elle refuse de manger.

Mais elle n'a pas à s'inquiéter, car on a tous dans le monde au moins une personne qui nous aide à ne pas mourir.

Zeus, par exemple, avait sa mère pour le protéger. Alors que son père Cronos le cherchait sur terre et en mer pour le tuer, sa mère Rhéa l'a caché dans un berceau suspendu à un arbre, en ordonnant à ses serviteurs de faire du bruit avec leurs épées pour couvrir les cris du bébé.

Ma mère, elle a son fils – moi.

Comme Rhéa, je couvre le silence de sa dépression : sauf que la déesse comptait sur les épées de ses gardes, et moi, j'ai recours aux bruits de la maison.

Dans l'appartement, chaque son a une signification bien précise. Je tape volontiers mes couverts sur mon bol au petit déjeuner en guise de « bonjour » ; dans la salle de bains, j'ouvre le robinet à fond pour qu'elle entende que je me prépare ; en partant, je claque fort la porte blindée en guise d'au revoir. Et ce bruit-là, c'est sans doute le préféré de ma mère, car chaque fois que je pars au lycée, ses yeux s'illuminent d'une lueur nouvelle, comme l'aube sur la mer encore endormie.

Qui sait ce qu'elle a en tête : dans son imaginaire, « lycée » doit correspondre à rachat, revanche, vie meilleure. Elle pense sans doute qu'en allant en cours, je deviendrai docteur, avocat ou, que sais-je, président du Conseil. Elle n'a rien compris. Dans ma classe, ils savent très bien que je viens de Brancaccio. Quand je suis interrogé, les professeurs corrigent avec impatience mon accent grossier et, au mieux, ils me mettent la moyenne ; s'il y a un anniversaire, je ne suis jamais invité ; et quand nous changeons de place, personne ne se bat pour s'asseoir à côté de moi.

Ce n'est pas vrai que le lycée nous émancipe, c'est un mensonge que répètent les hypocrites : il sert seulement à nous rappeler qui on est et d'où on vient.

Et moi, je sais d'où je viens.

Mon père est en prison parce qu'il a tué un homme. Il a pris onze ans.

Homicide volontaire, dit le jugement, plus trafic de stupéfiants et autres circonstances aggravantes dont je ne me souviens pas. Concrètement, il vendait des produits dopants à quatre pauvres types, et l'un d'eux y a laissé des plumes.

C'est moi qui l'ai fait arrêter, je suis le pire des traîtres. Je l'ai fait pour ma mère, parce qu'après avoir découvert la double vie de mon père, elle aussi avait commencé à prendre ces comprimés, et je l'ai sauvée de justesse.

Maintenant, il ne veut plus me parler.

Il me déteste.

Il paraît même qu'il a refusé que je vienne le voir en prison, mais ça tombe bien, je ne veux pas lui parler non plus.

Je n'ai pas de leçons à recevoir d'un homme qui prend une maîtresse et lui fait un enfant.

Je ferme la porte, et chacun sa route, la vie est courte.

Le mardi après la Toussaint, je décide de ne pas aller au lycée : ma mère ne se sent pas bien, et je préfère rester avec elle.

Ce n'est pas la première fois que je sèche les cours pour cette juste cause ; elle ne s'en aperçoit même pas, tellement son esprit est confus. Et falsifier un mot d'excuse avec du papier carbone est un jeu d'enfant.

Tandis qu'elle dort sur le canapé, je révise dans ma chambre en laissant la porte ouverte, pour la surveiller. Elle dit qu'elle a mal aux os et à la tête. Et je la crois, vu qu'elle se nourrit d'air et de pensées.

Les devoirs expédiés, je me jette sur mon lit pour lire « mes livres », une collection de volumes écornés que j'ai récupérés dans une poubelle où un ingrat, en déménageant sans doute, les avait jetés. Lire est le seul moyen que j'ai trouvé pour ne pas sombrer, ça me permet de m'échapper en restant immobile, ça m'incite à prendre le parti des perdants, de ceux qui tombent et ne savent pas toujours se relever, comme les Troyens de l'*Iliade*, Padron 'Ntoni dans *Les Malavoglia* de Verga ou les misérables de Victor Hugo.

Avant le déjeuner, je fais une pause, bois un verre d'eau et rejoins ma mère dans le salon.

Elle semble morte, elle a perdu une chaussette.

Je la ramasse par terre et la lui remets, je rapproche ses pantoufles pour quand elle se lèvera. Puis je réfléchis à comment lui remonter le moral et j'arrive à la conclusion que le seul moyen de la requinquer est de l'aider à se sentir utile. Comme elle aime coudre, je déchire un vieux jean et le dépose sur la table du salon pour qu'elle le reprise. En couture, c'est la meilleure.

« M'man… »

Je remonte le volet lentement, laisse entrer les bruits du quartier, la trêve de la mer et du vent.

« Mon jean est déchiré, tu peux le recoudre ? »

Elle touche le tissu sans se lever, acquiesce en clignant des paupières, mais son humeur reste inchangée. Il faut quelque chose de plus grand pour la tirer de sa torpeur.

« Tu sais, aujourd'hui, le prof de maths m'a félicité. »

Un sourire dévoile ses grandes dents – depuis qu'elle ne mange plus, elles semblent deux fois plus grandes.

« T'es contente, m'man ? J'ai eu sept sur dix. »

Elle éclate de rire, puis rougit de sa réaction incontrôlée.

« *Amunì*, allez, mets tes pantoufles. »

Évidemment, l'histoire du sept sur dix est un parfait mensonge puisque je ne suis pas allé en cours, mais les mensonges bienveillants servent à cela, à protéger ceux qu'on aime.

Ma mère ne veut toujours pas manger, mais grâce à ce bon résultat chimérique, elle trouve la force de se lever et de s'habiller.

Le huitième commandement est bafoué, mais Jésus comprendrait.

L'après-midi, ma mère retombe dans un sommeil profond et agité. Je la regarde et je lui en veux, comme si elle était coupable de ne pas lutter.

Je mets mon sweat et ma capuche pour qu'on ne me reconnaisse pas et descends faire un tour. Aujourd'hui, je suis Personne, comme Ulysse ; et comme Ulysse, je n'ai peur de rien ni de personne, pas même des plus costauds que moi.

J'enjambe le muret de la via Brancaccio, je traverse la voie ferrée, glisse mes doigts dans ma bouche.

Je siffle.

Mon chien surgit de sous une voiture. Il a une patte souillée de cambouis, trois moustaches blanches et une tache noisette sur le cou. Pas besoin de lui donner d'ordre, il me comprend sans paroles.

Mon chien s'appelle comme mon frère : Jonathan. Quand je lui ai donné ce nom, je ne savais pas que j'avais un frère. Puis je me suis retrouvé avec une mère malade et deux Jonathan : Jonathan-chien et Jonathan-frère, ou plutôt *demi*-frère.

On décide d'aller à la mer pour mieux voir le ciel qui est terriblement beau aujourd'hui.

À Brancaccio, le littoral est une sorte de décharge : les gens y abandonnent des vieux pneus, des caisses à poissons en polystyrène et des squelettes de scooters volés. Je rejoins la plage, m'assieds sur un pneu effiloché, j'enlève mes chaussures, mes chaussettes. Aujourd'hui, c'est comme ça que je révise l'histoire : j'ai pris mon livre avec moi pour l'interrogation écrite de demain.

Je suis plongé dans l'épopée des Médicis tandis qu'un goéland dessine un cercle au-dessus de la tête de mon chien ; au moment où Francesco de' Pazzi poignarde Julien de Médicis, mon regard cherche le point précis où la mer devient ciel.

Mais il ne le trouve pas, car les limites ne sont là que pour séparer les choses laides. Entre les choses belles, il n'y a que des lignes fondues.

Anna a un pull blanc, elle cache ses doigts dans ses longues manches. Mais seulement quand elle marche. Quand elle s'arrête, elle mordille ses lèvres, et c'est tout.

Elle est de Brancaccio, comme moi.

Petite, elle avait des taches de rousseur qui ont disparu, comme les beaux rêves : on se réveille et ils s'en vont. Plus tard, elle voudrait être coiffeuse.

Je ne sais pas si elle est ma petite amie. Je suppose que oui, mais ne peux l'affirmer avec certitude. Quand je lui pose la question, elle répond que ce sont des choses qui ne se demandent pas, on les ressent et puis voilà. En tout cas, elle m'a appris à embrasser et c'est sûrement un signe. Elle est douée, elle embrasse bien ; moi, non, je suis trop timide, j'ai toujours peur d'être ridicule. Mais elle dit que ça n'a pas d'importance, que de toute façon quand je saurai faire, nos chemins se sépareront. Alors j'aime autant rester médiocre.

Anna et moi, nous avons un endroit secret à Brancaccio que nous appelons simplement « notre endroit secret ».

C'est un lieu que personne ne connaît parce qu'il est difficile d'accès, un bout de plage désert et sale. On y trouve les restes d'un chalutier pourri, une chaise en plastique avec un pied arraché et un bateau retourné sous lequel nous aimons nous cacher.

Après avoir révisé, je rejoins notre endroit secret : nous avons rendez-vous. En l'attendant, je joue avec Jonathan.

Je lui lance un bout de bois, on fait semblant de se battre et à la fin, il hurle comme un loup – il me demande où est Anna.

Quand il la voit arriver, il court à sa rencontre, saute comme un fou.

Anna caresse l'eau, elle imprègne ses lèvres de sel, passe ses doigts souillés d'eau de mer dans ses cheveux. Ensuite seulement elle se glisse sous le bateau. Je la suis.

Il fait noir là-dessous, mais pour nous, c'est le jour.

Nous voyons avec les odeurs, nous humons à tâtons les lignes abruptes de nos corps.

Anna se recroqueville comme une plante carnivore, elle ramène ses genoux sous son menton et forme avec ses mains des bracelets de chair autour de ses chevilles. Puis elle me donne un baiser salé, ferme mes paupières avec ses doigts et me dit que celui qui veille ne succombe pas.

À l'extérieur, le silence, les vagues contre les rochers, le mal du monde qui ne peut rien nous faire tant il est loin.

Le soir, je ne réveille pas ma mère. Je remonte juste sa couverture, ferme la fenêtre et murmure : « Bonne nuit, m'man. »

Je m'allonge tout habillé, mets trois gouttes de collyre dans mon œil malade et deux à côté.

Je suis ce traitement depuis deux mois, depuis qu'une bande de voyous m'a tabassé derrière le stade du Virtus Brancaccio.

À l'hôpital, après l'opération, on m'a dit que mon œil était sauvé mais qu'il resterait « tombant » ; suite au traumatisme, j'ai une paupière plus basse que l'autre. Disons que je suis déjà quasi borgne à seize ans, mais ma mère répète qu'elle va trouver l'argent pour m'emmener chez un chirurgien esthétique.

J'attends que l'œil absorbe le médicament, cherche mon pyjama dans le noir, avant d'adresser une prière à mon grand-père Rosario, qui était un peu magicien et qui est mort d'une manière héroïque, piégé sous les décombres du tremblement de terre de la vallée du Belice en 1968.

Dans cette prière, je demande une chose spécifique. Pas pour moi, je ne compte pas. Je demande de l'aide pour une personne que je ne peux pas nommer ici, car les prières aux morts, c'est comme les vœux qu'on fait sous les étoiles filantes la nuit de la San Lorenzo : elles ne doivent pas sortir de notre bouche, mais simplement s'envoler de la terre vers le ciel.

Depuis que je suis le gardien de but de l'équipe du Virtus Brancaccio, mon corps est zébré de cicatrices.

La peau de mes genoux forme des bas-reliefs, mes flancs sont marbrés d'hématomes ; le long de mes poignets serpente un labyrinthe violacé.

Personne ne m'a jamais appris à être gardien. Aucun entraîneur, aucun prof de sport, et encore moins mon père qui, quand certains emmenaient leur fils au stade, était occupé à cacher son autre famille.

Mon unique source d'inspiration, c'est la coupe de mon grand-père Rosario, celle qu'on lui a remise avec le titre de meilleur gardien de la vallée du Belice.

Je fais trois tours de terrain en courant et je suis déjà essoufflé.

Pour récupérer, je m'appuie contre un poteau, les yeux fixés au ciel.

Je pense à mon grand-père. J'ai ce rêve en tête : lui dans les gradins qui me regarde, qui m'applaudit.

Le coach, La Rosa, s'aperçoit que je ne cours plus, il m'engueule de loin : il n'aime pas qu'on prenne ce genre de liberté. Ça sert à rien de s'arrêter, me hurle-t-il, non seulement les muscles se reposent pas, mais après, ils ont plus de mal à redémarrer : tu feras trente pompes, pour la peine.

Puis il souffle dans son sifflet rouge, nous demande de former un cercle et de nous mettre deux par deux pour travailler nos points faibles.

Je me retrouve avec le numéro 11, un attaquant : lui, avec un mauvais contrôle du pied droit parce que gaucher ; et moi, en difficulté du côté gauche où j'appréhende de plonger.

L'exercice est le suivant : du pied droit, le numéro 11 tire une série de penaltys à gauche. Cet exercice me plaît, car il vise à dépasser sa peur, ce sentiment horrible, dans le foot comme dans la vie.

Je plie les jambes, cambre le dos, en équilibre sur un fil de tension fragile. Je suis prêt.

L'attaquant fait trois pas en arrière, il prend appui sur son pied gauche et tire du droit. Je connais déjà la trajectoire du ballon, je ne pense à rien d'autre : concentré sur l'explosion musculaire, sur l'impulsion qui doit partir des chevilles et non des hanches, sur l'élan qui me traverse jusqu'au bout des doigts. L'esthétique ou le style ne m'intéressent pas, je ne cherche pas une manière digne de tomber, l'important est de défendre, comme le général Léonidas, qui s'est fait piétiner avec ses trois cents hommes pour protéger la Grèce.

Les premiers tirs m'échappent, les premiers ballons se faufilent entre mes bras, puis j'entends qu'on m'appelle des gradins. Je ne peux pas me tourner pendant l'exercice, mais je peux lorgner du coin de l'œil.

C'est mon grand-père.

Je le reconnais à sa chemise à carreaux couverte de la poussière du tremblement de terre. Il est assis au troisième rang, il tient dans ses bras un nouveau-né, ma mère.

« *Vai Rosa', un ti scantari* ! » m'encourage-t-il.

J'entends sa voix et je m'anime ; je regarde ma mère bébé dans ses bras, et soudain, j'arrête tous les ballons, les dévie avec mes poings, me relève et ne sens rien, je couvre la ligne de but quelques secondes avant chaque nouveau missile.

Puis le numéro 11 tire, peut-être pour la centième fois. Le ballon est dehors, mais ma tête heurte le poteau. Grand-père Rosario s'apprête à partir parce que le bébé s'est mis à pleurer. Je touche ma nuque, je saigne un peu, je crache sur mes mains pour me nettoyer.

Je continue.

C'est ça, être gardien.

Au lycée, pour apprendre à faire un résumé, nous lisons une page de littérature qui explique la nature du bonheur.

Pourquoi ne sommes-nous jamais heureux ? Parce que l'homme est infini, dit l'extrait. Et de même, tout ce qu'il conçoit est infini, y compris les désirs. Or l'homme infini tente d'assouvir ses désirs également infinis avec les instruments d'un monde fini : voilà l'origine du court-circuit, voilà pourquoi il est triste. Il reste un espoir toutefois : nous pouvons être heureux dans l'attente du plaisir, ou mieux, l'attente du plaisir peut devenir plaisir, bonheur.

Ce sont les mots d'un bossu qui vivait il y a deux cents ans ; la critique littéraire lui a collé l'étiquette de « pessimiste ». Un certain Giacomo Leopardi.

Je lève la main. La prof, Mme Vallone, me donne la parole, et je dis que dans ce cas, le bonheur serait une projection dans le futur, une manière de fuir notre présent malheureux, un doux mensonge auquel on ne devrait jamais au grand jamais renoncer.

Mme Vallone m'arrête, agacée, me dit que je ferais mieux de réfléchir au résumé, que ce que je raconte est « pure élucubration ». Puis elle me lance une pique, me demandant combien d'absences je compte accumuler, vu qu'en trois mois de cours, j'en suis déjà à trente-deux.

À la sortie, je me précipite à la maison, inquiet pour ma mère.

Je ferme la porte, lance mon sac à dos par terre.

« M'man ? »

Je jette un œil dans la cuisine, j'inspecte le couloir.

« M'man, je suis rentré. »

Je la retrouve sur le canapé, comme toujours ces derniers temps, ses yeux sont collés par des larmes séchées. Je ne lui demande pas ce qu'elle a, je le sais déjà : la Tristesse, celle dont parle si bien Leopardi, est le principal symptôme de sa maladie.

Alors me revient cette idée : le bonheur existe seulement comme projection dans le futur.

« Tu sais, aujourd'hui, au lycée, on nous a demandé ce qu'on voudrait faire plus tard. »

Elle se frotte les yeux, elle renifle et me regarde plus attentivement.

« Et tu as répondu quoi, toi ?

– Que je veux aller à l'université.

– Mince alors, à l'université ? ! répète-t-elle.

– Pour devenir professeur.

– Vraiment, tu me le promets ?

– Promis juré.

– Mon Rosario, professeur ! » et elle se met à rire. Oui, je l'ai fait rire.

Anna est dans un lycée très différent du mien, un lycée professionnel à l'acronyme complexe.

Dans le centre, on ne trouve pas ce genre d'établissements, ils n'existent qu'en périphérie, loin des hôtels et des touristes qui ne doivent pas les voir.

La façade est restée à nu, l'entrée est protégée par un rideau métallique rouillé ; les boutons de l'interphone ont brûlé.

Je reste en bas en attendant la sonnerie. Assis sur le capot d'une voiture, je cherche les différences entre ce lycée et le mien.

Elles ne sont pas difficiles à relever.

Ici, les garçons étudient pour devenir mécaniciens, et les filles, esthéticiennes. Ici, des cris d'animaux s'échappent des fenêtres ouvertes. Le panneau d'affichage est couvert de flyers de discothèques, aucune annonce pour des cours particuliers ; ces élèves-là ne peuvent évidemment pas se permettre une telle dépense.

J'ai beau m'efforcer de ne pas caricaturer, l'image d'un ghetto, d'un établissement pour les parias me vient à l'esprit. Un quartier pauvre, des élèves pauvres avec devant eux, probablement, une vie tout aussi pauvre. J'éprouve une vive colère devant cette fabrique de misère sociale présentée avec hypocrisie comme une « offre de formation ». La réalité, c'est que le lycée général est une antichambre de la fac, qui impose des frais exorbitants ; il est donc réservé aux riches. Les lycées ou les instituts professionnels, où on enseigne un métier de misère, sont une solution de repli pour ceux qui ne peuvent pas se payer des études ; ils sont donc destinés aux pauvres.

Contrairement à ses camarades, Anna ne veut pas devenir esthéticienne : après le bac, elle aimerait ouvrir son propre salon de coiffure et, éventuellement, faire aussi de la manucure, car une femme qui vient pour une permanente peut avoir envie de se faire faire les ongles.

Anna sort parmi les dernières.

Noyée dans la masse.

Encore plus isolée que moi.

Toutes les filles cherchent à camoufler les traces de l'enfance, Anna non : elle ne met pas de fond de teint ni de rouge à lèvres.

Dans la rue, elle dérape à cause des semelles usées de ses bottines.

Sans qu'elle me voie, je m'approche par-derrière ; son sac à dos est décoré d'un cœur et des paroles d'une chanson napolitaine.

Je bondis et couvre ses yeux avec mes mains, je me tais, j'attends qu'elle devine.

Anna tend les bras pour garder l'équilibre ; sous mes doigts, ses cils battent comme les ailes d'une hirondelle. Puis elle inspire, sent l'odeur de ma peau, me reconnaît.

Je l'accompagne à l'arrêt de bus. Nous prenons le même, le 224, mais je descends avant elle. Nous l'attendons sous l'abri.

« Pourquoi tu es toujours en colère ? » dit-elle.

Je lui réponds qu'elle se trompe, que je ne suis pas en colère, mais je mens.

Elle le comprend sans doute et change de sujet : elle m'apprend à cracher.

Voici la technique : d'abord bien mélanger la salive, le mucus et le sel des lèvres, puis travailler soigneusement la texture, la densité de la composition, et hop, on expulse.

Anna est très douée. Ses crachats sont précis et puissants, assurés mais pas vulgaires. Elle s'entraîne tous les jours. Elle dit que c'est important de cracher, pour se libérer de la colère ; elle dit que je devrais y penser quand je sens la rage monter.

La maladie de ma mère a un vilain nom.

Je le découvre en rentrant à la maison, dans l'encyclopédie en ligne. Je tape quelques symptômes et ce mot apparaît : c'est un trouble qui touche principalement les adolescentes et les mannequins. Sauf que ma mère n'est plus une adolescente et n'a pas l'intention de défiler sur des podiums : dans son cas, la maladie est une forme de protestation contre mon père, contre les conneries qu'il a faites.

Si elle continue à ne pas manger, elle risque de mourir. Pour ne pas mourir, elle doit réagir. Mais pour réagir, elle doit manger.

Les effets de son jeûne sont visibles partout : dans ses orbites creusées, ses cheveux de plus en plus clairsemés, ses doigts osseux. La maison aussi reflète son malaise ; son royaume, auparavant tenu au cordeau, cst à présent négligé et poussiéreux.

Je pense que maman ne mange plus à cause de ça, de la négligence dans laquelle nous avons sombré ; j'imagine que pour guérir, ses yeux doivent à nouveau percevoir la beauté, retrouver la dignité cachée dans les petites choses.

Je passe le balai deux fois. Avec une serpillière imprégnée de vinaigre, je rends au carrelage son éclat. Puis je fouille tous les recoins de la crédence pour faire l'inventaire des provisions et ne rien gaspiller, parce que nous n'avons pas beaucoup d'argent, parce que notre situation peut s'aggraver d'un moment à l'autre. Les ingrédients récoltés me permettent de cuisiner un potage aux vermicelles avec du fromage fondu.

À mes appels, elle se réveille difficilement, pose ses mains sur mon visage comme si elle ne me reconnaissait pas, la bouche gagnée par la salive dense des mauvais rêves.

« M'man, c'est moi.

– *Saruzzu* ? »

Saro, à Palerme, c'est le diminutif de Rosario ; *Saruzzu*, c'est la forme affectueuse.

« Debout, *amunì* ! J'ai préparé le repas.

– J'ai déjà mangé. Mange, toi. »

Je lui donne une pichenette sur le nez, je fais le geste de Pinocchio qu'elle m'a appris quand j'étais petit.

« S'il te plaît, m'man… »

Nous mangeons dans la même assiette, une cuillerée pour moi, une pour elle. Je lui donne la becquée parce que ses mains tremblent et qu'elle est gênée. Je bois deux verres d'eau ; elle seulement un, enfin un demi, car tandis que je tiens son verre pour la faire boire, l'eau coule aux coins de ses lèvres.

Pour dédramatiser, je lui rappelle que, seize ans plus tôt, c'était elle qui me nourrissait à la cuillère, et que je voulais arriver à ma majorité sans avoir aucune dette. On a connu mieux comme plaisanterie, mais nous rions un peu.

Parfois, elle ferme la bouche avec une grimace pour dire qu'elle est rassasiée, après avoir mangé trois pâtes, mais j'ai un truc pour vaincre son obstination. Une question, ou plutôt un chantage.

« Tu peux le faire pour moi ? »

Je me lance dans un gymkhana avec Tronçonneuse, le VTT mythique que ma mère m'a acheté au discount.

Je parcours dix mètres sur une roue, saute le trottoir debout sur les pédales et me retrouve corso dei Mille, la rue qui coupe Brancaccio en deux. Je pense à Garibaldi qui, en 1860, est passé là avec ses mille hommes barbus en chemise rouge. Garibaldi était à cheval, et moi, je suis sur Tronçonneuse.

J'enclenche la troisième vitesse, puis je reviens à la première pour récupérer, je fais déraper ma roue arrière sur un tas de pierres et de poussière. J'arrive à largo Buozzi, où j'aperçois quatre anciens camarades de l'école primaire qui jouent aux cartes.

Toujours en selle, je m'approche pour les observer, pour savoir si je peux me joindre à eux.

À Brancaccio, l'un de ces gars est connu comme le gros de service depuis tout petit. Tout le monde l'appelle « Bummazza », mais il ne se fâche pas – je crois qu'il lui manque une case.

Ils jouent au poker en faisant tourner une cigarette. Au nombre de bouffées de chacun, je devine la hiérarchie de ce clan de *picciotti*, de petits mafieux ; et bien sûr, Bummazza est celui qui tire le moins.

À la fin, restent en jeu celui qui fume le plus (le chef) et Bummazza ; les deux autres passent la main. Soudain, le premier jette ses cartes sur le trottoir en criant : « Couleur ! », Bummazza grimace, marmonne quelque chose et dévoile son misérable brelan.

Le vainqueur jette le mégot d'une chiquenaude, regarde le perdant, et lui rappelle qu'il doit lui donner ses *picciuli*, l'argent qu'il a misé, illico.

« *Bummazza, i picciuli.* »

Mais Bummazza n'a rien dans les poches ; je le devine à sa petite voix. Et cela ne m'étonne pas parce qu'à l'école, il n'avait déjà pas de quoi payer sa blouse.

« Je te file tout demain », dit-il.

Le chef se lève, les deux autres le retiennent.

« *Bummazza, i picciuliiii !* »

Bummazza bredouille des excuses, mais le chef se libère et lui flanque un coup de poing dans les dents.

Bummazza se met à pleurer, il promet que son père paiera sa dette et demande si maintenant, il peut rentrer chez lui. Les deux autres gars saisissent à nouveau les épaules du vainqueur ; ce dernier s'est fait mal à la main en frappant, mais il se libère une fois encore et attrape l'oreille de son adversaire en tirant tellement fort qu'il manque de la lui arracher.

À Brancaccio, il y a une règle : Occupe-toi de ce qui te regarde et tu vivras en paix, avec ta famille. Pourtant, ces mots m'échappent : « Lâche-le ! »

Les deux qui retenaient le vainqueur donnent des coups de pied dans mon vélo, puis me poussent et me crachent à la figure. Leur chef me serre le cou et me demande si je suis flic. Ils sont plus costauds que moi, je ne fais pas le poids, je me remets en selle et déguerpis.

Je regrette pour Bummazza parce qu'au fond, on se ressemble un peu : moi aussi j'ai pris des coups au visage et ça ne fait pas de bien, ça fait même plus de mal dedans que dehors.

Il y a cent cinquante ans, Garibaldi marchait corso dei Mille avec ses troupes héroïques pour libérer la Sicile. Aujourd'hui, à Brancaccio, personne ne viendra te sauver.

Anna n'a aucun défaut.

Elle n'a pas de dents cassées ou de crasse autour des ongles ; elle n'a pas de poils sous le menton ou les cheveux brûlés par un fer à lisser ; elle n'a pas de cicatrices non plus, car petite, quand on la frappait, elle savait se protéger.

La seule chose étrange chez elle, c'est cet espace entre ses incisives, que j'aime bien, parce qu'à travers, on peut voir en elle.

Moi, j'ai un tas de défauts ; je me demande parfois pourquoi elle ne cherche pas quelqu'un de moins laid.

En vérité, je ne suis pas complètement laid, juste sous certains aspects. Par exemple, je n'ai pas de muscles, j'ai le teint olivâtre, je ne suis pas bien habillé, etc. Mais le plus moche chez moi, c'est mon œil tombant. On dirait celui d'une créature monstrueuse. La peau autour est dure et gonflée, la paupière s'abaisse et se relève plus lentement.

Nous sommes à la plage, il est six heures du soir. Nous sommes seuls, Anna et moi.

Nous faisons un concours de ricochets et finissons à égalité.

Puis nous marchons pieds nus là où meurent les vagues.

Nous aimons la mer l'hiver : à cause d'elle on frissonne et on est obligés de s'étreindre pour se réchauffer. À cause d'elle, on rentre à la maison couverts de sable.

Anna trouve une bouteille de Fanta à moitié ensevelie. Elle la dégage, la rince, la coupe en deux avec un couteau. Nous cherchons des cailloux, nous les choisissons en fonction de leur singularité, de leur beauté. Nous les recueillons dans ce graal en plastique.

Puis le soleil s'en va.

Vient le soir, qui grignote les contours.

Qui dévoile les étoiles.

Quand nous sommes fatigués de marcher, nous nous asseyons l'un en face de l'autre. Nous entrecroisons nos jambes comme les tiges de lierre sur une maison abandonnée.

Nous nous regardons.

J'essaie de garder mon œil malade le plus ouvert possible en contractant le muscle du sourcil. Quand je n'y arrive plus, je me tourne de profil pour qu'elle voie l'autre œil, moins vilain.

« Tu ne dois pas avoir honte. »

Je fais mine de ne pas comprendre.

Anna décide de ne pas rentrer dans mon jeu. Avec son petit doigt, elle dessine le contour de mon œil meurtri.

« Il n'est pas moche, dit-elle. Tu ne dois pas avoir honte. »

Avec un bout de bois, sur le sable, elle trace un cercle autour de nous ; elle me suggère que tous les deux, nous sommes la Terre, le monde.

Nous rentrons à la maison main dans la main, laissant derrière nous la mer noire, irisée par la lune.

Les lumières de Brancaccio apparaissent. De loin, on dirait Bethléem : l'hébreu se confond avec le palermitain, le bœuf et l'âne avec les bouteilles de gaz rouillées reliées aux fourneaux, et Jésus avec nous tous parce que, si on ne s'aide pas, personne ne nous aidera.

L'entraînement au stade du Virtus Brancaccio a duré trois heures, sans compter l'échauffement initial. La Rosa dit que si on veut pouvoir tenir quatre-vingt-dix minutes, il faut détruire nos fibres musculaires pour qu'elles se reforment aussi fortes que de l'acier.

À une demi-heure de la fin, La Rosa nous a divisés en deux groupes pour le match interne habituel : remplaçants contre titulaires.

Du fait de mes récentes absences, je joue avec les remplaçants, mais je ne m'en plains pas, au contraire, c'est mieux pour moi : défendre face à une meilleure équipe est un bon moyen de progresser.

Ces matchs internes sont régis par une politique étrange : afin de conjurer le risque d'être humiliés par les remplaçants, les titulaires font tout pour estropier ceux qu'ils redoutent le plus. Ces derniers en sont réduits à espérer ne pas être blessés : impossible de protester et plus encore de riposter, ce serait faire affront au capitaine, Totò, qui en appellerait aux ultras du Virtus, des gars violents, les mêmes qui ont failli m'éborgner. Totò m'a placé sous haute surveillance parce que nous nous disputons le maillot numéro 1, mais surtout parce que je suis avec Anna qui sortait avec lui, avant.

Le match commence.

Le numéro 9 de l'équipe adverse neutralise deux joueurs, il fait une passe au milieu de terrain qui tire un centre rasant.

Face à cette menace, je sors au-devant des attaquants : je me jette à terre, j'allonge le buste et récupère le ballon en deux temps.

L'action est terminée, mais je perçois un mouvement insolite : le numéro 9, au lieu d'arrêter de courir, glisse dangereusement vers moi, le pied fléchi, et me colle un coup de crampon en plein visage.

Je lâche le ballon pour me protéger. J'ai mal à la pommette, heureusement pas à l'œil. Soudain, sans avoir le temps d'y réfléchir, je me lève et tire rageusement le maillot du numéro 9, pas pour lui faire mal, juste pour lui demander une explication. De toute façon, je n'ai pas le temps de parler, car Totò quitte sa surface et déboule à toute vitesse, il fait un saut acrobatique et me donne un coup de pied dans le ventre qui me plie en deux.

Mes coéquipiers (remplaçants) interviennent, les adversaires (titulaires) aussi, ils tentent de nous séparer mais c'est trop tard : la bagarre éclate.

Et le pire arrive : les ultras du club enjambent les barrières pour soutenir Totò ; en quelques minutes, le terrain devient un Colisée. Un type me flanque une gifle et recule, un autre m'assène un coup à la tête par-derrière : ils sont trois sur moi, un quatrième participe en frappant mes tibias avec un bâton.

Je m'en sors uniquement grâce au coach, mais je rentre chez moi la lèvre fendue et couvert de bleus.

À Brancaccio, ce sont eux qui commandent – les malfrats.

Quand tu t'opposes à eux, tu prends cher.

Mme Vallone passe dans les rangs, elle remarque ma lèvre blessée.

« Qu'est-ce qu'il t'est arrivé ?

– Rien. »

Puis elle mouille son index et nous distribue les sujets du devoir surveillé : il nous faut une autre note avant la fin du trimestre

Nous avons deux options. La première : « Dante et Manzoni utilisent deux formes littéraires différentes : la prose et la poésie. Quelle forme est la plus proche de votre sensibilité et pourquoi ? » La deuxième : « Dans son roman *Les Fiancés*, Manzoni retrace le profil psychologique de don Abbondio : imitez-le, faites de même avec la personne que vous connaissez le mieux. »

Je choisis le second.

La personne que je connais le mieux s'appelle Maria. Maria comme la femme de Joseph, Maria anagramme de *amari* (« aimer ») en sicilien, Maria comme *mari* (« mers ») en sicilien plus une voyelle. Personne ne la connaît mieux que moi et personne ne me connaît mieux qu'elle.

Maria mesure un mètre cinquante-huit (même si, par coquetterie, elle préfère dire un mètre soixante), elle a les mains calleuses, le front large et les cheveux noirs, noirs comme ses yeux. Ses yeux ont une forme particulière, en noyaux de pêche. Si on ouvre le noyau d'une pêche et qu'on regarde à l'intérieur, on trouve une graine : si on regarde à l'intérieur des yeux de Maria, on trouve une chose qui n'a pas de nom, et cette chose, c'est son âme.

Maria est née en 1968 dans un petit village de la vallée du Belice, avant que le tremblement de terre détruise tout. Dans sa famille, elle seule a survécu. Son père, qui s'appelait Rosario, comme moi, n'en est pas sorti vivant non plus. C'était un gardien de but hors pair, d'ailleurs Maria conserve sa coupe dans le salon, l'unique souvenir que les pompiers ont pu extraire des décombres.

Pour utiliser la liste d'adjectifs que nous avons étudiés en classe, Maria est : sensible, empathique. Elle est sensible parce que capable de saisir des nuances subtiles ; elle est empathique parce que, instinctivement, elle sait partager la douleur des autres ; elle est accommodante parce que, si la douleur est la sienne, elle endure en silence, comme c'est le cas ces derniers mois.

Depuis que son mari est en prison, depuis qu'elle a découvert qu'il avait une autre femme et un autre fils, elle a capitulé. Incapable de réagir, elle dort nuit et jour, ne mange plus, ne se lave plus, fixe les choses sans les voir. Cette maladie s'appelle la dépression et a des conséquences très graves. Depuis qu'elle est malade, Maria perd ses cheveux, ses jambes ressemblent à du fil de fer et parfois, elle a des troubles digestifs.

C'est le tourment des âmes sensibles : la fragilité, que personne ne protège. Maria est l'emblème des âmes sensibles parce que belles, belles parce que fragiles, fragiles parce que gentilles. Cependant, la société ne protège pas les fragiles, elle n'aide que les forts ; alors tout repose sur les épaules de son fils, qui sèche les cours pour prendre soin d'elle.

Quand la sonnerie retentit, je suis encore immergé dans ces pensées houleuses. Mme Vallone fait un tour d'inspection entre les bureaux, m'arrache ma copie des mains, me dit que les règles valent pour tout le monde et que je ne fais pas exception.

Jonathan a disparu, je le cherche.

Je siffle trois fois, me baisse pour vérifier sous les voitures.

Mon chien n'est pas là.

J'enfourche Tronçonneuse, je passe la vitesse supérieure. En descente, je pédale en arrière.

Je regarde autour de moi et j'ai l'impression d'être une de ces caméras qui, pendant le tournage d'un film, se déplacent sur un chariot. Je distingue les cigarettes des chômeurs accoudés au balcon, une bouche d'égout débordant d'eau sale et écumeuse, une fleur qui pousse dans le caniveau. Je vois les femmes qui s'affairent en cuisine, les câbles de la voie ferrée qui font des étincelles, les enfants qui courent en débardeur.

J'arpente les rues préférées de Jonathan, je scrute les interstices entre les voitures, je jette un œil aux arbres du viale dei Picciotti où il aime flairer les traces des autres chiens.

Il n'est pas là.

Jonathan ne réapparaît que le soir, tandis que je prépare mes habits pour le lendemain matin. Sur le parking, il aboie ses voyelles rauques, me dit de le rejoindre, de me dépêcher. Il m'appelle souvent comme ça, sous ma fenêtre.

Je descends avec un bout de pain dur ramolli à l'eau, mais il le renifle à peine ; il refuse même que je le gratte derrière l'oreille.

Il gémit et m'observe. Il gémit et avance. Je comprends que je dois le suivre.

Et je le suis, parce que c'est mon fidèle ami.

En chemin, on croise le maquereau de trois filles très jeunes, qui nous intime de changer de rue, deux voleurs en train de forcer le démarreur d'un scooter, une voiture arrêtée, sono à fond.

Quand on arrive via Corleone, Jonathan, la queue dressée, s'engouffre dans un bâtiment abandonné aux fenêtres cassées. J'entre après lui. Par terre, il y a de tout : des déchets de chantier, des seringues, une valise orange. Cet endroit fait peur – trop désert, trop peu éclairé, ça ne me plaît pas –, mais Jonathan continue jusqu'à un gros pilier au pied duquel je découvre un clochard qui se tient la jambe en se lamentant. C'est là que Jonathan voulait m'emmener.

Je m'approche, effrayé ; j'observe, pris d'effroi, car la jambe du clochard est balafrée, entourée d'un bandage sans doute vieux de plusieurs jours, maculé de sang. Jonathan avance, flaire la douleur, lèche la blessure ; mon corps se paralyse, j'ai le souffle coupé. Mon cœur, en revanche, bat à tout rompre.

Dès qu'il m'aperçoit, l'homme me fait signe de m'en aller.

« Qu'est-ce qui vous est arrivé, monsieur ? »

Le clochard lève la tête pour m'étudier. Ses yeux ont la couleur du verre brisé, sur son nez, on devine la rougeur de l'hiver, la barbe et la terreur dévorent ses joues.

J'entends un bruit de pas, de semelles qui écrasent les débris sur le sol, quelqu'un s'approche. Je me tourne et aperçois une silhouette avec des bottes en caoutchouc et une barre de fer à la main. Ça doit être le gardien du bâtiment, celui qui retient prisonnier le clochard blessé.

« Dégage ! »

Je ne me fais pas prier : je tourne les talons et cours comme un fou. En fuyant, je sens l'haleine du geôlier qui me poursuit, mais c'est une illusion : derrière moi, Jonathan galope, la langue pendante et les dents luisantes.

Le lendemain, c'est dimanche, mais chez nous, depuis longtemps, le dimanche n'existe plus.

Pas de fenêtres ouvertes pour le grand ménage, incontournable avant que ma mère sombre dans la maladie ; pas de tintements en provenance de la cuisine, promesse d'un bon repas ; plus personne revenant de la messe, son manteau sur le dos.

Maman dort sur le canapé, la bouche ouverte. Son teint est inquiétant.

Je la réveille en douceur, lui apporte du lait chaud, mais elle fait non de la main. Puis je lui raconte mon dernier rêve, en inventant quelques détails afin de capter son attention. Tout en lui parlant, je l'aide à s'habiller.

Sous son tee-shirt, les os de son buste semblent tirer sur sa peau pour se couvrir, ils font un bruit creux au toucher ; je suis bouleversé, mais je ne la houspille pas, je ne lui répète pas pour la énième fois qu'elle doit manger, par crainte d'obtenir l'effet inverse.

Nous sortons. Dans l'escalier, elle manque de tomber tant elle est faible, elle se rattrape en passant un bras autour de mon cou ; nous faisons une pause sur chaque palier.

D'un pas lent le long du corso dei Mille, nous arrivons piazza dell'Ammiraglio où se trouve le dernier monument de la ville avant Brancaccio. Pour briser le silence, je lui raconte l'expédition des Mille qui ont traversé Palerme en suivant précisément cette rue.

« Et après, qu'est-ce qu'il a fait, Garibaldi ?

– Il a remonté le corso dei Mille sur son cheval, et tous les gens de Brancaccio l'encourageaient : "*Amunì, Gariba'*, t'arrête pas." Alors il a levé son épée au ciel et s'est précipité à la rencontre de François II de Bourbon qui l'attendait sur ce pont, le ponte dell'Ammiraglio. Dès qu'il l'a vu, Garibaldi a crié : "En garde, cocu !", et le pauvre François a détalé comme un lapin. Du coup, les Mille se sont arrêtés à Brancaccio, ils ont mangé du poisson grillé avec les habitants et ont libéré le peuple. »

Maman observe les pierres du ponte dell'Ammiraglio avec une grimace de stupeur, elle dit qu'elle ne connaît pas cette histoire et qu'elle aime bien quand je lui raconte ce genre de choses.

Nous pénétrons dans la zone interdite au public, marchons dans l'herbe mouillée, sur la terre amollie par la pluie, nous descendons sous les voûtes antiques du pont, là où autrefois passait le fleuve. Je confie à ma mère la mission de garder le sachet en papier bien ouvert, je me baisse, les genoux dans la boue, et détache la mousse qui recouvre les grosses pierres avec un petit couteau. C'est pour notre crèche.

Noël approche.

Anna veut m'apprendre à ne pas avoir peur, à mépriser le danger.

Ce n'est pas facile, elle le sait bien ; il faut s'entraîner chaque jour à défier le destin et se répéter que la mort, après tout, n'est pas la pire chose qui puisse nous arriver.

Anna soutient que je suis potentiellement très courageux, justement parce que j'ai de la peur à revendre. Sa théorie est la suivante : pour avoir du courage, il faut d'abord avoir peur. Le courage sans la peur, c'est de l'orgueil.

À Brancaccio, tous les dimanches, il y a des courses de chevaux.

Des jockeys sans pitié malmènent de pauvres bêtes sur l'asphalte, talonnés par une horde de scooters qui prennent les paris. Ces courses sont évidemment illégales : les pur-sang sont drogués à la kétamine frelatée. Quand les choses se passent bien, ils rentrent à l'écurie ; quand ça se passe mal, ils se cassent une jambe et finissent à l'abattoir. Ce n'est pas un secret, la police est au courant, elle connaît les horaires et les lieux des compétitions, elle connaît même les instigateurs de ce business. Malheureusement, elle n'intervient pas.

Nous les connaissons aussi, ces cruels organisateurs. Le pire, le plus dangereux, le plus perfide, c'est Tano, surnommé *Manu pisanti*, Main de fer, parce qu'il est impliqué dans toutes les affaires sordides de Brancaccio et qu'il est sans pitié. Pour couronner le tout, c'est l'oncle de Totò, son neveu préféré.

Il garde ses chevaux via Cilluffo, ce monsieur, dans des box de trois mètres carrés. Quand on passe à côté, l'odeur du crottin et du foin moisi rappelle que c'est là qu'il enferme les animaux.

Anna décide que je dois défier *Manu pisanti* parce qu'avec un ennemi plus faible, ce ne serait pas la même chose.

Nous devons nous rendre via Cilluffo et profiter du don d'invisibilité propre à notre jeune âge pour libérer au moins un cheval.

J'ai peur, mais pas pour moi : pour ma mère.

J'ai peur qu'il lui arrive quelque chose, qu'elle se fasse du souci et que son état s'aggrave. Anna me dit qu'avoir peur que quelque chose arrive est la garantie la plus sûre que rien n'arrivera, car la peur va de pair avec autant de lucidité que d'inconscience.

Nous marchons corso dei Mille, nous allons bientôt devoir tourner, je sens mon cœur battre dans mes poignets, puis dans mon cou. Jonathan trotte devant nous, il enregistre tout de son regard de fin limier.

Anna me dit d'enlever ma capuche, que ça pourrait éveiller les soupçons.

Mes jambes vacillent, j'ai l'impression que je vais m'évanouir, je suis pâle.

« Arrête de trembler.

– Je sais pas comment faire.

– Donne-moi la main. »

Ce geste seul suffit à me calmer. Si je meurs, je meurs avec Anna et Jonathan, qui sont un morceau de ma vie.

Nous tournons via Cilluffo. Nous y sommes. J'ordonne à Jonathan de n'aboyer sous aucun prétexte.

Anna me dit de ne pas regarder les gardiens qui traînent à une vingtaine de mètres. Pour faire diversion, elle m'embrasse. Mais c'est un faux baiser : en m'embrassant, elle glisse un mot dans ma bouche : « Maintenant ! »

Nous rejoignons un des box. Il n'y a pas de cadenas, pas de chaîne, tant *Manu pisanti* est redouté à Brancaccio. Il ne reste qu'à s'armer de courage et à défier le destin : « Viens, destin, tue-moi : je n'ai pas peur de la mort. »

Anna tourne le verrou et me passe le relais : je fais deux pas et, d'un geste décidé, j'ouvre grand la porte.

Le cheval s'enfuit, redécouvrant le frisson de la liberté.

Plus rapides que lui encore : Anna, moi et notre chien.

Rien ni personne ne peut nous arrêter.

Mme Vallone entre dans la classe avec nos devoirs corrigés sous le bras. Nous nous levons comme des petits soldats. Elle ôte l'élastique qui tient les copies, fait l'appel, puis ferme la fenêtre.

Sous mon cahier, je cache un livre acheté d'occasion : *Moi, Christiane F., 13 ans, droguée, prostituée...* Je le cache car ce roman parle ouvertement de banlieue, de marge et de délinquance, et dans un lycée rupin comme le mien, certains textes ne sont pas acceptés. Notre prof n'a même pas voulu nous faire étudier *Le Sentier des nids d'araignées* de Calvino, trop violent à son goût.

Le cours commence dans l'ambiance militaire habituelle : Mme Vallone lève les yeux, attend que nous soyons tous assis sagement et prononce les seuls mots dont elle est capable.

« Plus-que-parfait du subjonctif de *laudare.* »

Et son bataillon de perroquets de chanter en chœur : « *Laudavissem, laudavisses, laudavisset, laudavissemus, laudavissetis, laudavissent.*

– Amen », je conclus en moi-même.

Tandis qu'elle égrène sa litanie de questions, je fais glisser légèrement mon cahier pour découvrir le roman et le lire en oubliant tout le reste.

J'arrive à un passage captivant, le moment où Detlev, à cause de son mode de vie débridé, perd connaissance, quand soudain Mme Vallone me foudroie du regard en me demandant ce que je dissimule sous mon cahier. Elle se lève, m'intime de ne pas bouger et s'empare de l'objet du délit. À la lecture du titre, elle exprime tout son mépris en un « quelles saletés tu te permets d'apporter en cours ? », suivi d'un « dehors ! » sans doute plus libérateur pour moi que pour elle.

Mis à la porte et forcé d'attendre dans le couloir l'indulgence de cette femme, je me sens comme un prisonnier politique coupable d'un délit d'opinion. Mme Vallone pense que la culture s'inscrit dans un cadre disciplinaire qu'elle respecte scrupuleusement, en particulier à travers la grammaire latine ; pour moi, « culture » est synonyme de désordre, de vent dans les feuilles, d'interprétation. Dans la droite ligne de Giordano Bruno !

Je reste dehors presque toute l'heure. Quand les élèves des autres classes passent, je baisse les yeux, honteux. Cinq minutes avant la sonnerie, un de mes camarades ouvre la porte de la classe.

« Altieri, la prof dit que tu peux revenir. »

Vallone veut que je rentre pour la remise des copies. Les autres ont déjà la leur.

Elle me fait signe d'approcher pour réitérer son jugement implacable sur ma façon d'écrire.

« Mmm, c'est un langage trop enfantin, trop lisse…

– Qu'est-ce que ça veut dire ?

– Un lexique misérable, une syntaxe laborieuse.

– Dans quel sens ?

– Dans le sens où tu écris comme un enfant… ta prose est totalement dénuée de *concinnitas* cicéronienne…

– La *concinnitas* ?

– Oui. »

Pour illustrer son propos, elle lit une phrase en grimaçant de dégoût.

Puis elle le dit : « Maria est ta mère. » Elle le lâche comme ça, entre interrogation et affirmation.

Je voudrais lui répondre que oui, Maria est ma mère, que tout ce que j'ai écrit sur sa dépression est vrai, seulement je me méfie d'une personne aussi rigide.

Je finis par esquisser une moue gênée qu'elle prend pour un oui. Alors elle griffonne ma note au stylo rouge, cinq sur dix, mais avant que je retourne à ma place, elle réfléchit et ajoute un moins.

Parfait. Son besoin compulsif de cataloguer est satisfait. Son élève de banlieue, son cinq moins, son quatre virgule soixante-quinze, va se rasseoir pour ne plus perturber le cours.

Si l'enfer existe, nous nous reverrons là-bas.

À Brancaccio, grandir, c'est s'endurcir.

Plus on se montre impitoyable, plus on est adulte.

Si la cruauté nous est étrangère, c'est qu'on est un gamin, ou pire, une pédale.

Il y a deux moyens d'apprendre à être un homme : casser la figure à plus faible que soi ou maltraiter les animaux.

L'après-midi, avec mon cinq moins en travers de la gorge, je n'ai aucune envie d'étudier. De toute façon, cette prof ne m'accordera jamais plus.

Il pleut, le ciel plein de nuages et de rage me ressemble.

« M'man, je sors. »

Ma mère est sur le canapé, les yeux fermés, son esprit malade tout juste éveillé. Elle bouge les doigts pour signifier qu'elle a compris, pour me dire de faire attention.

Quand un orage éclate, à Brancaccio, tous les enfants descendent dans la rue. La pluie offre une infinité de distractions : sauter dans les flaques, jouer avec les ordures, laver son vélo à l'eau non salée, etc. Mais l'attraction la plus exaltante, c'est la bouche d'égout de la via Cirincione qui déborde très vite, suivie par son armada de rats.

La règle est la suivante : le premier qui trouve un rat agonisant a l'honneur de le torturer devant les autres et affirme, ainsi, sa virilité.

Je descends avec Tronçonneuse. La pluie efface la poussière, remplacée par la rouille.

Je longe le corso dei Mille, dépasse les poubelles à l'angle de la via dei Picciotti, rejoins la via Cirincione. Avec Tronçonneuse, j'arrive avant tout le monde.

Je jette un coup d'œil sur le trottoir, puis vers les buissons et sur la bouche d'égout. Là, parmi des déchets difficiles à identifier, je trouve ce que je cherchais. Un rat mourant.

Je cale mon vélo contre un poteau, j'attrape un bout de bois ; les autres gamins me rejoignent et commentent la taille du rongeur. L'un d'eux dit qu'il est carnivore parce qu'il est trop gros ; un autre parie que c'est le chef de tous les rats parce qu'il a des cicatrices de combat sur le corps ; un autre m'exhorte à le torturer.

« *Amunì, scannalo* ! »

Je tâte son ventre avec mon bâton, un peu dégoûté. Je sens sa respiration, les battements de son cœur plein d'eau qui ne veut pas mourir : je perçois tout à travers les fibres du bois.

« *Amunì, scannalo* !

– Mais t'es une gonzesse ou quoi ?

– Alors ? T'as peur ?

– Les gars, il fait dans son froc ! »

Les voix autour de moi ravivent mon courage, je ne peux pas passer pour un trouillard. Je lève mon bâton, vise la tête de la bête et contracte tous mes muscles pour lui fracasser le cerveau. Je ferme les yeux, cherchant l'élan.

« *Amunì, scannalo !*

– *Scannalooooo !* »

Je compte jusqu'à trois, jusqu'à quatre, je lance d'abord un cri, puis mon bâton dans les buissons. Les autres rient, ils disent que j'ai fait dans mon froc, et que ce rat ne m'appartient plus.

Je m'en fous.

J'attrape le rat par la queue, il ne bouge plus. Je monte sur Tronçonneuse et me dirige vers la mer. Je sais conduire mon vélo d'une main, mais je vais lentement pour garder l'équilibre – si je tombe là, c'est fini.

Les autres me suivent, en répétant que je suis une lopette, que c'est la honte.

J'arrive sur la plage. Je lâche mon vélo, le guidon s'enfonce dans le sable. Je dépose le rat mort dans l'eau, j'accompagne son corps avec mes mains. La mer accourt, l'engloutit quelques secondes, le lave, comme font les hommes avec leurs morts. Puis il le ramène à la surface et l'entraîne loin, enveloppé d'un linceul d'eau.

Je rentre à la maison et me récure les mains avec du savon.

Je rejoins ma mère sur le canapé ; elle n'a pas changé de position depuis que je suis sorti, elle n'a pas mangé non plus, depuis qui sait combien d'heures.

Je m'assieds à côté d'elle. Je voudrais lui parler pour la distraire un peu, mais je ne sais plus quoi dire.

« Tu sais, j'ai trouvé un rat mort noyé. »

Elle ne répond pas, je me demande si elle est réveillée.

« Je l'ai trucidé avec un bâton. »

Maman sourit, je ne sais pas pourquoi, elle est sans doute contente à l'idée que je grandisse.

Puis, dans un filet de voix, elle murmure : « C'est pas vrai. »

J'essuie la sueur sur son front, je la scrute en quête d'un autre moyen de communiquer.

« Comment tu le sais ?

– Parce que tu es différent. »

Notre sapin de Noël en plastique mesure un mètre vingt, mais avec son embout en étoile, il gagne dix centimètres.

Il reste encore un peu de paillettes sur les épines ; le fil de fer des branches est complètement rouillé. La couleur aussi a vieilli : le vert bouteille d'origine est devenu gris opaque.

Il nous fait rire, notre sapin. Il est objectivement laid, mais trouve grâce à nos yeux, il est beau quand même. Ce qui est sûr, c'est que nous ne pouvons pas nous permettre d'en acheter un nouveau.

Je déplace le canapé pour que ma mère me voie le décorer : entre somnolence et évanouissement, elle ne peut plus se lever.

Je prends la guirlande lumineuse, lui en confie une extrémité.

« Tiens-la bien, m'man, je vais la démêler. »

Elle attrape le bout du fil avec la prise, des deux mains, et m'observe tandis que je recule en défaisant les nœuds. Puis je la branche et les ombres colorées se reflètent sur les murs, les notes des mélodies de Noël résonnent.

« Là, je mets une boule rouge ou bleue ?

– Rouge. »

J'aime bien m'occuper des décorations de Noël, j'ai l'impression de construire un monde différent, à mon idée ; un monde plus petit et plus facile à comprendre.

Tandis que je demande d'autres conseils à ma mère, j'organise les boules comme s'il s'agissait de personnes, de manière à ce qu'aucune ne soit trop seule : les petites sous la protection des grosses, les jolies derrière les moches, je mélange celles qui sont rafistolées et celles restées intactes.

Pour tenir ma mère éveillée, je fais semblant d'avoir oublié où se trouve le sac avec la mousse destinée à la crèche ; je veux qu'elle m'aide. Une ruse à deux balles mais efficace : elle est contente de se rappeler ce que j'ai oublié, c'est le signe qu'elle n'est pas complètement fichue.

Je sors du carton les trois santons que nous avons : Melchior, Marie et Joseph ; les autres, nous les avons fabriqués avec les jouets et les figurines de mon enfance.

Il nous manque le petit Jésus qui a dû se perdre entre les boîtes et les sacs du débarras. Nous envisageons différentes solutions, sans conviction, car toutes nous semblent offensantes.

« Mets un grain de riz.

– Pourquoi ?

– Parce que Jésus est simple. »

Anna se ronge les ongles, elle a un an de plus que moi, elle sait écrire de la main gauche.

Elle a le nez retroussé, une fois elle s'est évanouie, elle dort avec son oreiller entre les jambes.

Il pleut.

Nous nous cachons sous le bateau retourné.

Des gouttes passent à travers le bois moisi.

Elle les recueille avec sa langue, et dit : « Essaie, toi aussi. »

Elles ont la saveur des naufrages, des mers antiques.

Anna s'épile les sourcils, elle sait faire le grand écart, plus tard elle voudrait avoir cinq enfants.

Le tonnerre fait vibrer la coque du bateau, nous nous serrons, le nez humide, un peu effrayés.

C'est bien d'avoir peur à deux, on se sent moins seul.

« Elle mange, ta mère ? »

Anna ne répond pas aux questions personnelles, elle a trois trous aux oreilles, elle sait nager la brasse coulée.

Elle dit : « Ferme les yeux. » Puis : « Ne les rouvre pas. »

Quand je les rouvre, je vois un briquet orange et une cigarette.

« Je vais t'apprendre », fait-elle.

Je l'observe, je l'imite, je tousse.

Je n'aime pas ça, sauf avec elle. Le poison, c'est comme la peur : seul, c'est nul, à deux, c'est beau.

Anna a le pied grec, son père est au chômage mais ne veut pas voler aux étalages, parfois il fait des choses bizarres.

« Tu ferais tout pour moi ? »

Je réponds que oui.

Anna relève son sweat-shirt, pointe la cigarette incandescente vers elle et l'éteint sur la peau de son ventre. Elle compte trois secondes, serre les dents de douleur. Elle a une plaie.

Puis elle rallume la cigarette, m'envoie la fumée.

« À toi. »

Ma main tremble, de l'autre, je découvre ma poitrine, comme elle.

Je ferme les yeux pour me préparer au rituel, mais elle me dit non, elle dit : « Les yeux ouverts. »

Je presse la cigarette contre ma peau, je résiste d'abord trois, quatre, cinq secondes.

J'ai une plaie.

Comme elle.

« M'man, je suis rentré. »

Obscurité, odeur de renfermé, goût d'abandon.

Et ce silence.

Toujours le même.

Impossible de m'y habituer.

Je ferme la porte, j'enlève mes chaussures pleines de sable et je rejoins le canapé où ma mère dort depuis la veille au soir. La sachant dans cet état, j'aurais dû rentrer plus vite, mais sous le bateau, je perds la notion du temps. J'approche une main de ses lèvres pour m'assurer qu'elle respire, je sens le souffle faible du renoncement, la respiration inexorable de la désolation.

« J'ai acheté du pain. On va manger et ça ira mieux, d'accord ? »

Elle n'a pas touché à la nourriture depuis une semaine, ça ne peut pas continuer ainsi, encore quelques jours et elle mourra sous mes yeux.

Je décide que ça doit changer maintenant, coûte que coûte : je ne supporte plus de la regarder, impuissant, je ne veux plus être complice de ce suicide.

Je réchauffe le lait, j'ajoute du cacao, du sucre et un peu de pain émietté.

« Allez, lève-toi. Fais-le pour moi. »

Elle dit non avec sa main, m'adresse un regard qui appelle à la compréhension. Puis elle tire la couverture sur sa tête pour cacher ses yeux décavés, pour me demander de la laisser tranquille.

Mais je ne la laisserai pas tranquille, car toute la patience dont j'ai fait preuve ces dernières semaines n'a servi à rien, sinon à aggraver son état. Je secoue son épaule, ses bras, je la regarde avec toute la sévérité dont je suis capable.

« M'man, tu dois manger ! »

La fermeté de mes paroles doit fonctionner, ses pupilles tremblent comme quand quelque chose nous ronge. Je la soulève par les aisselles, l'aide à s'asseoir le dos bien calé contre le dossier du canapé. Puis j'approche la cuillère de lait, mais sa tête cède à la gravité, entraînant à nouveau son buste à l'horizontale. Son corps se dérobe, pas son esprit.

« Tu veux que je t'emmène à l'hôpital, m'man ? »

Elle ébauche un mouvement de tête, essaie en vain d'articuler une réponse. Finalement ses yeux me disent « non ».

« Alors tu dois manger. Tu dois m'aider. »

Elle est tellement maigre que j'ose à peine toucher sa nuque ; tellement décharnée que ses veines affleurent partout. Je retiens son torse de ma main droite et reprends la cuillère avec la gauche.

« Ouvre la bouche ! »

Maman humecte ses lèvres, tousse, le lait gicle. Mais je n'abandonne pas, nous ne pouvons pas nous le permettre, et je prépare une autre cuillerée.

« Ouvre, m'man. »

Elle halète, passe sa langue sur ses dents, secoue la tête.

« Ouvre la bouche, *cazzu* ! »

Je crie cette phrase trois fois : la première en la secouant, la deuxième en tapant le bol sur la table, la troisième en m'interrompant parce qu'on frappe à la porte.

« C'est qui ?

– Ouvrez ! »

Une voix de femme.

Je me lève, ravale ma salive pour m'éclaircir la voix.

« C'est qui ? je répète.

– Des amis de ta mère. »

Ma mère n'a pas d'amis, et elle n'attend aucune visite.

« Quels amis ?

– Des amis. Ouvre, s'il te plaît. »

Le ton semble gentil, sage et posé, celui de quelqu'un qui a étudié. Je pense à une vieille connaissance, ou à un parent éloigné venu à notre secours. J'imagine qu'une voix si distinguée ne peut que nous aider.

J'ouvre timidement en laissant entrer un filet d'air et je découvre un peloton de cinq individus : une dame au visage triste, un homme avec une mallette de médecin, un autre avec des dossiers en main, et deux policiers. Ces derniers poussent la porte d'un coup d'épaule et avancent sans rencontrer aucune résistance de ma part, car l'émotion paralyse ma tête et mes membres.

L'homme aux dossiers me tapote la poitrine et me dit de ne pas m'inquiéter.

« Où est ta mère ?

– Qu'est-ce que vous voulez ? »

Nos voisins se sont déjà attroupés sur le palier, curieux, ils me demandent ce qui se passe avec le ton de ceux qui ont déjà tout compris.

La femme au visage triste tente de me retenir dans le couloir avec de fausses questions. Je réussis à me libérer pour rejoindre le salon où ces étrangers encerclent ma mère.

« Tout va bien, madame ? »

Elle ne répond pas. Enlisée dans son sommeil morbide, elle émet une plainte lourde de fatigue et de douleur.

Je me plante face à l'homme qui interroge ma mère, et je réponds pour elle.

« Ma mère va bien, allez-vous-en ! »

Le médecin insiste : « Madame, ce sont les services sociaux qui nous envoient. »

Ma mère reçoit ces mots comme des projectiles. Dans l'espoir de paraître vaillante, elle fait un effort surhumain pour contrôler sa respiration, mais elle s'étouffe avec sa salive.

« Eh, mais qu'est-ce que vous faites ? » je crie en poussant le médecin qui ne comprend pas que plus elle s'agite, plus son état s'aggrave. Un des agents m'oblige à reculer pendant que le docteur se penche au-dessus d'elle pour l'aider à déglutir. Lorsqu'elle se remet de cette crise, se sentant acculée, elle sanglote de tout son corps. Personne ne sèche ses larmes, personne ne me permet d'approcher ; le médecin pose une main sur son front, puis tâte son pouls, et enfin retire la couverture pour se faire une idée plus précise de son état, dévoilant une femme squelettique et exténuée.

« Appelez une ambulance. »

Une seringue scintille, maman sursaute quand l'aiguille la pique.

Puis rapidement l'ambulance arrive, l'écho de la sirène retentit jusque dans l'appartement, jusque dans mon cerveau. Deux brancardiers débarquent avec leur gilet orange, leurs chaussures de sécurité et une civière métallique qui pue le désinfectant. Avec l'aide des policiers, ils installent ma mère sur la civière, serrent les attaches sous ses bras et s'apprêtent à descendre.

« Je viens avec vous. »

La dame me retient par le bras, me fait comprendre d'une simple grimace que ce n'est pas possible. Je m'élance comme pour parer un penalty et m'agrippe à la barre de fer de la civière. Dans la confusion, ma mère laisse tomber une main d'un côté du brancard. Je pense que c'est un signe, qu'elle me demande de l'aide. Je saisis sa main pour lui dire qu'elle n'est pas seule, les voix qui essaient de me dissuader flottent autour de moi sans m'atteindre. J'ai l'impression de mourir, de sombrer dans un gouffre infini. Je lâche prise après un coup de matraque dans les côtes, qui me met à terre mais ne m'empêche pas de crier : « M'man ! » Mon dernier mot, avant que les services sociaux nous séparent.

À Brancaccio, le balcon est la tribune du pouvoir féminin.

Les femmes y observent la vie du quartier, suspendent de l'ail tressé, déploient un drap pour que personne ne voie leurs jambes d'en bas.

À Brancaccio, ce sont elles qui commandent.

Chaque immeuble, chaque cour, chaque ruelle ou recoin du quartier est soumis à une hiérarchie dont la primauté est sans cesse disputée. Par exemple, via Coppola, la chef incontestée, c'est Mme Renzina, et en son absence, le voisinage reconnaît l'autorité de zia Teresina ou de Concettina, la fille du boucher ; via La Russa, en revanche, c'est le domaine de Rrrrosalia – prénom gagnant en nombre de *r* –, et ainsi de suite.

Une femme qui a des velléités de pouvoir à Brancaccio doit posséder deux armes.

La première, c'est le *curtigghio*, le summum du commérage : si tu sais tout sur tout le monde, les autres femmes te cherchent, te courtisent, t'adulent, parce qu'elles veulent tout savoir aussi. À Brancaccio, le *curtigghio*, c'est mieux qu'Internet.

Souvent, la diffusion du commérage est un prétexte.

« Maria, quelle chaleur ! » crie-t-on d'un balcon.

Du balcon d'en face : « M'en parle pas, mon mari était en nage hier soir.

– Peppe en a d'la chance, là-haut, il est au frais.

– Quoi ?

– Ah, tu sais pas ?

– Non, quoi ?

– Peppe, *'u figghiu ru scaipparu, lassò so mugghieri e si nni fuìu al nordde.* »

Et deux jours plus tard, tout Brancaccio connaît l'histoire de ce Peppe, fils du cordonnier, qui a quitté sa femme pour aller chercher fortune dans le Nord.

La deuxième arme pour prétendre au pouvoir est un attribut anatomique que la nature t'a donné, ou pas : des cordes vocales épaisses comme des lignes d'amarrage.

Si tu cries plus fort que ta voisine, ça veut dire quelque chose.

À Brancaccio, à l'heure du déjeuner, chaque mère qui se respecte (et qui aspire à une position importante) se met au balcon et gonfle ses poumons de ténor.

« *Caaa-i-meee-looo* ! »

Évidemment Carmelo ne répond pas, car Brancaccio est immense et ses ruelles labyrinthiques.

Alors on insiste sur les voyelles : « *Caaaaaaaaaaaa-i-meeeeeeeeeeeeeeee-looooooooooo* ! »

Rien. Toujours pas de Carmelo. C'est le père qui répond, pour tenir son rôle, que quand Carmelo va rentrer, ça va chauffer.

En dernier recours, la mère monte d'un cran dans les aigus.

Ainsi va la vie à Brancaccio.

Via Dante, en revanche, où je vis depuis qu'on m'a séparé de ma mère, la vie est bien différente.

C'est le lycée qui a alerté les services sociaux, qui nous avaient déjà à l'œil depuis l'arrestation de mon père. Mme Vallone a probablement fait pression sur le proviseur pour qu'il informe les autorités compétentes ; cette idée géniale a dû lui venir en lisant ma rédaction. Les adultes agissent parfois au nom d'une déontologie à faire rire les morts.

D'après le rapport, arrivé entre les mains des psychologues puis entre celles du juge pour mineurs, il ressortirait que je suis « hypostimulé par le milieu familial » et violent, comme en témoignent les bleus permanents sur mon visage, et comme le confirment certaines lectures inappropriées pour mes seize, presque dix-sept ans. Le tableau est aggravé par mon automarginalisation au sein de la classe et par l'instabilité mentale de ma mère, qui amène « le jeune homme », c'est-à-dire moi, à sécher sans cesse les cours.

Moralité : on nous a séparés, contraints à vivre éloignés l'un de l'autre, ma mère dans une clinique psychiatrique, et moi dans une famille d'accueil des beaux quartiers de Palerme, via Dante.

Ici, tout le monde est irréprochable : pas de vieux assignés à résidence ni d'enfants de détenus infréquentables. Ici, tout est différent : personne ne crie au balcon, c'est grossier ; aucune femme ne bavarde avec sa voisine, les gens sont très discrets ; il n'y a pas de bouteille de gaz qui traîne, tous les foyers sont directement reliés au gaz de ville.

En un éclair, les contingences de la vie m'ont arraché aux bouches d'égout de la banlieue ; en quelques jours, l'entêtement d'un professeur m'a fait accéder au rêve de la plupart d'entre nous : un bond' des bas quartiers à la classe moyenne.

Je devrais me réjouir, m'extasier devant les perspectives que m'offre cette nouvelle condition, et pourtant, mes pensées courent toujours vers ma mère.

Sur décision du juge, je ne peux pas la voir, du moins dans un premier temps. Les psychologues dicteront les modalités et la fréquence de nos rencontres. Mon seul contact avec elle, c'est un album photos que j'ai réussi à emporter et que je garde jalousement sous mon oreiller.

Quand je le feuillette, un mélange de colère et de peine me serre l'estomac : je trouve absurde que des étrangers décident pour nous. Si c'est ça, la « collectivité » : d'illustres inconnus qui mettent leur nez dans la relation entre un fils et sa mère, alors je suis prêt à me déclarer anarchiste. Si c'est ça l'État, je suis prêt à lui faire la guerre.

Ici, ça n'a rien à voir avec la maison.

Quand je rentre du lycée, il y a des règles auxquelles je ne peux pas déroger.

De quatorze à quinze heures, je dois dormir, de quinze à dix-huit heures, je dois étudier, de dix-huit à dix-neuf heures trente, si je me comporte bien, j'ai quartier libre, mais je dois rester à l'intérieur.

Il est quatorze heures seize, et je me retourne dans mon lit depuis quinze minutes.

La lumière est éteinte, les volets sont baissés, mais le jour passe en force par les interstices des persiennes. Je serre les paupières pour essayer de m'endormir, je finis simplement par fatiguer mon œil malade. Je décide de fixer le plafonnier où repose le cadavre d'une grosse mouche.

Je suis amorphe, insomniaque, déraciné, frustré, privé de ma mère. Je ne veux parler à personne. Aujourd'hui, je me sens comme Ajax.

Il était très fort, Ajax.

Grand, épaules de rugbyman, barbe de batteur métal, il se mettait toujours en première ligne lors des combats contre les Troyens. C'était l'unique soldat de l'armée des Achéens qui n'avait jamais reçu l'aide des dieux. Et quand Pâris tua Achille d'une flèche dans le talon droit, Ajax retint l'ennemi pendant qu'Ulysse traînait le cadavre en lieu sûr.

C'était un héros.

Et pourtant... lorsque s'ouvrit la discussion pour le legs des armes d'Achille au soldat le plus valeureux, les dieux, que par respect Ajax n'avait jamais dérangés, firent en sorte qu'elles reviennent à Ulysse et poussèrent indirectement le plus humble à se suicider d'un coup d'épée dans la poitrine.

Je pense à cette histoire tandis que je m'agite dans mon lit comme un cheval nerveux dans son box. Le monde décourage les dignes et honnêtes gens. Le monde pousse à la fourberie.

Satisfais-toi du peu que tu as.

Si tu n'es pas content, il te reste la mort, comme Ajax. Et si tu es né à Brancaccio, retrousse tes manches, parce que ce monde, tu dois l'affronter à bras-le-corps.

Ma nouvelle vie m'a forcé à renoncer aux habitudes de l'ancienne.

Je ne peux plus sortir l'après-midi, je ne peux plus vagabonder dans les ruelles de mon quartier, et je ne peux même plus m'entraîner avec le Virtus Brancaccio, parce qu'il faut cinquante minutes pour rejoindre le stade. Ma seule occasion de jouer au foot, c'est l'heure d'éducation physique, à la fin de laquelle on nous laisse vingt minutes pour un match interclasses.

Notre prof, M. Pappalardo, ressemble à n'importe quel autre prof d'éducation physique : survêt en nylon, baskets blanches, sifflet autour du cou, montre chrono au poignet. Je l'imagine se présenter ainsi partout, que ce soit aux réunions de copropriété ou à la soutenance de mémoire de sa fille, car je ne l'ai jamais vu habillé autrement.

En tout cas, M. Pappalardo est un frustré ; on le devine aux regards fuyants qu'il adresse à ses collègues. Sa matière ne vaut rien en conseil de classe, alors il souffre d'un complexe d'infériorité ; il envie probablement le prof de maths dont nous avons tous peur. Le seul moyen pour M. Pappalardo de préserver l'autorité de son personnage, c'est de coller des avertissements aux élèves indisciplinés et de faire baisser leur note de conduite trimestrielle – une mesure à laquelle il recourt abondamment.

Nous avons sport le mardi. Le premier mardi depuis que je vis dans ma famille d'accueil, le cours commence avec quelques minutes de retard, car le terrain est mouillé.

Le même coup de sifflet, la même exhortation à ne plus chahuter dans les couloirs, les mêmes engueulades aux deux ou trois élèves en jean et, enfin, le match.

Nous nous positionnons, nous tirons au sort le choix du terrain puis nous enfilons nos maillots. Nos adversaires sont des gars de terminale : un peu plus grands, un peu plus costauds, un peu plus beaux. Comme d'habitude, je me place entre les poteaux, je touche la transversale pour prendre mes marques, j'ajuste mes gants.

Septième minute, 1-1, à nous de jouer.

Paolo – premier de la classe et chouchou de tous les profs depuis quatre ans – s'élance vers l'équipe adverse, il nous demande d'avancer en moulinant des mains, tente un dribble audacieux et perd la balle.

Contre.

L'attaquant des terminales est grand, barbu, il double nos défenseurs, laisse Paolo derrière lui et fonce sur moi.

Fort d'une dizaine de mètres d'avance sur mes camarades, il étudie ma position, ralentit, guette mon déséquilibre pour choisir entre tirer tout de suite ou attendre que je sorte de la cage et faire un lob. En hésitant, il commet une erreur : il allonge le ballon avec son pied d'appui, m'offrant sur un plateau d'argent la possibilité de l'arrêter. C'est un jeu d'enfant, une sortie que j'ai pratiquée maintes fois avec le Virtus : je cours les bras ouverts à cent quatre-vingts degrés pour gêner son champ de vision et, à trois mètres de lui, je glisse pieds joints et dos en arrière. C'est fait, je le devance d'au moins une demi-seconde, je touche le ballon pour l'éloigner, avant de le tacler. Il dérape, sautille pour ne pas tomber, me lance un regard noir et trois mots qui sont de trop.

« Fils de pute. »

J'abandonne ma surface, le rattrape et lui tape sur l'épaule.

« T'as dit quoi ? »

Il s'arrête, se frotte la cheville et répète avec la suffisance de l'année qui nous sépare.

« Fils de pute ! »

Je retire mes gants et les balance à ses pieds, il se raidit et s'apprête à cogner. Seulement, moi, je n'ai jamais cogné personne, je ne sais pas comment attaquer ni comment me défendre dans une bagarre. Je sais juste que je ne me suis pas coupé les ongles depuis douze jours. Je me jette sur lui, je plante mes griffes dans ses joues de toutes mes forces et les lacère de haut en bas.

Je me retrouve avec la moitié de sa classe sur le dos, on me tire les cheveux d'un côté, le bras de l'autre, puis la main de Pappalardo me sauve du lynchage pour me traîner chez le proviseur.

Tandis que nous l'attendons dans son bureau, Pappalardo consigne l'incident dans son registre. Penché en avant, il tente de m'empêcher de lire, mais je parviens quand même à entrevoir certains mots : « AGRESSION POUR RAISONS FUTILES », « BAGARRE », « ÉLÉMENT VIOLENT ».

Je me convaincs que je suis le masque dont on m'affuble, un garçon violent qui se bagarre pour rien.

Alors écartez-vous, tous, si vous ne voulez pas vous frotter à mes griffes.

Je suis un chien. Un chien de banlieue.

Maurizio a quarante-deux ans, Giusy, trente et un.

Elle, blonde, sourcils noirs. Lui, pâle, tempes dégarnies et cheveux rasés.

Lui, avocat raté sans clients ; elle, au foyer mais bien dotée, car fille d'un conseiller régional émérite.

Ils gèrent depuis deux ans la structure d'accueil où j'ai été placé et, bon gré mal gré, seront pendant un temps ma « famille référente ».

J'ai vite compris comment tourne leur petite entreprise. De toute évidence, ces deux-là ne sont pas des philanthropes et n'ont aucun désir d'adoption, notamment parce qu'ils ont déjà leur propre fils : Antonio, huit ans.

Ils font ça pour le fric, c'est tout.

L'État, qui m'a séparé de ma mère parce que je suis violent et qu'elle est malade, ce même État paie Maurizio et Giusy quatre-vingt-dix euros par jour pour m'accueillir. Et je ne suis pas le seul orphelin de la maison, mais le troisième, dans l'ordre d'arrivée.

Je ne suis pas doué en calcul, mais je sais faire ce genre d'opération : quatre-vingt-dix fois trois, ça fait deux cent soixante-dix euros par jour ; et deux cent soixante-dix fois trente, ça fait plus de huit mille euros par mois.

Bien sûr, il y a les courses, la psychologue, la femme de ménage deux fois par semaine à payer, mais quelque chose me dit qu'ils dépensent des cacahuètes pour tout ça, et que le reste du butin va droit dans leurs poches.

En d'autres mots, l'État m'a arraché à ma mère pour me confier à deux grippe-sous.

Le lendemain de la bagarre avec le grand barbu de terminale, en rentrant du lycée, le menu, c'est riz sauce tomate.

Giusy et Antonio déjeunent ensemble dans la cuisine. Les deux autres pensionnaires et moi, dans le salon. C'est la première différence entre eux et nous, la première d'une longue série.

Giusy, Maurizio et Antonio utilisent la grande salle de bains ; Cosimo, Mimma et moi, la petite. Ils ont des serviettes neuves, et nous, des serviettes usées qui sentent l'humidité. Ils sortent quand ils veulent, pas nous. Antonio a une chambre rien que pour lui, car à huit ans il a besoin d'intimité ; Mimma, Cosimo et moi, nous partageons une chambre avec des lits superposés car nous devons apprendre à vivre en société. Les premiers jours, ils fermaient leur porte à clé avant de dormir, au cas où nous voudrions les égorger pendant la nuit ; la nôtre a été confisquée, par sécurité. Il y a des rideaux à leurs fenêtres ; la nôtre est grillagée, au cas où nous serions tentés de nous suicider. Enfin, Antonio a des cours particuliers d'anglais deux fois par semaine, il peut utiliser l'ordinateur de la maison sans demander l'autorisation, il participe aux sorties et aux voyages scolaires ; nous, nous étudions dans notre coin, privés de sorties et de voyage, considérés comme des élèves à problèmes.

Maurizio rentre du travail à dix-sept heures, je devine sa présence au trousseau de clés sur le meuble de l'entrée et à ses mocassins de brillant homme d'affaires.

Giusy vient me chercher, me dit qu'il veut me parler, qu'il m'attend dans son bureau. C'est le lieu réservé aux communications officielles, la disposition des meubles reflète la distribution des rôles : lui, derrière une vieille table en noyer, assis dans un fauteuil à haut dossier ;

son interlocuteur sur un tabouret bas, face aux portraits austères de parents éloignés.

Dans le genre communication hypocrite, ces entretiens atteignent des sommets.

« Tu as bien mangé aujourd'hui ?

– Oui.

– Ça va avec Giusy ? »

Quel génie : si ça n'allait pas, c'est à lui que je le dirais, bien sûr.

« Ça va.

– J'ai été convoqué à ton lycée.

– Pour la bagarre ?

– Oui. J'ai rencontré tes professeurs : Mme Vallone, M. Pappalardo, le proviseur, des personnes charmantes. »

Je ne suis pas surpris qu'il apprécie ce genre d'individus.

Il me regarde et, avec une affectation insupportable, il ôte ses lunettes et joint ses mains.

« Mon garçon, quels parents indignes t'ont enseigné la violence ? »

Qui est cet homme ? Qu'est-ce qu'il me veut ? De quel droit critique-t-il mon éducation ? Qui l'autorise à me parler comme un père ?

Je n'ai plus de père, c'est vrai. Mais j'ai une mère qui en vaut deux. Si c'est vraiment un homme, pourquoi il ne me dit pas plutôt où elle se trouve maintenant ? Si c'est vraiment un homme, pourquoi ne m'y emmène-t-il pas en cachette ?

Anna siffle depuis la rue, elle lance un caillou contre une fenêtre de ma classe et manque de la briser.

Je ne sais pas que c'est elle. Je le découvre seulement quand je m'approche de la vitre et que mes yeux tombent dans les siens. Scintillants et insaisissables, comme les étoiles au bout des doigts des enfants qui les montrent.

Je descends l'escalier, j'arrange mes cheveux, on ne s'est pas vus depuis longtemps.

Quand elle m'aperçoit, Anna part dans la direction opposée. Elle ne veut pas rester au milieu de tout ce monde. Elle veut être seule avec moi.

« Ton chien a disparu.

– Il est mort ?

– Jonathan est immortel. Il est parti.

– Parti où ?

– Te chercher. »

Nous partageons notre tourment avec nos corps. Elle enroule une mèche de cheveux sur son index, tire jusqu'à se faire mal ; j'écrase mon pouce dans mon poing, ne laisse pas passer l'air, ne laisse pas le moindre interstice. La sonnerie de fin de récréation n'interrompt pas notre alphabet muet.

« Ça suffit maintenant, tu dois revenir à Brancaccio.

– Je peux pas, on me l'interdit.

– Tu dois trouver un moyen. »

Alors d'accord, je trouverai un moyen. Depuis mon placement en famille d'accueil, mon quartier me manque. Elle enregistre ma réponse, la seule admissible, sans même me demander si j'ai un plan en tête.

Anna a quelque chose qui me fascine et m'effraie à la fois, comme le vide quand on se penche du treizième étage. J'aime l'urgence de son élocution, sa manière dure de communiquer en créant des conflits pour détruire et reconstruire ; on dirait un diable qui me susurre à l'oreille le péché à commettre qui finira par me sauver. Elle n'est pas comme la Béatrice de Dante ou la Laure de Pétrarque : elle ne fait pas l'intermédiaire entre le ciel et la terre, mais entre la terre et l'abîme.

« On doit faire l'amour à nouveau, dit-elle.

– Pourquoi ?

– Parce que tu ne vas pas bien.

– Et après, on est censé aller mieux ?

– Après, on a moins peur. »

J'acquiesce. Ça m'embarrasse un peu.

Elle continue : « Mais il y a autre chose.

– Quoi ?

– Si on refait l'amour, comme la première fois, le chien va revenir.

– C'est-à-dire ? Je comprends pas.

– Les chiens égarés ne répondent qu'à l'appel de deux grandes émotions.

– Lesquelles ?

– Une douleur intense ou un amour profond.

– Avec ça, Jonathan reviendra ?

– Il reviendra. »

Je retourne en classe rempli de l'odeur d'Anna. Dans mon esprit, ses étranges théories vont et viennent comme des vagues, elles rongent mes certitudes avec le pouvoir érosif du sel. Durant le cours, je lutte pour ne pas perdre cette émotion, pour m'imprégner de son ramage.

Je ne sais pas ce que j'éprouve pour Anna, c'est un élan imperceptible et profond, dont le nom n'existe pas.

Ça n'a pas de voix, mais ça te dit où aller ; ça n'existe pas, mais on passe une vie à l'attendre.

Un élan qui te fait mourir un peu moins, au moment où tu meurs.

Un après-midi, Giusy m'autorise à utiliser l'ordinateur pour faire une recherche ; je l'entends parler au téléphone dans la pièce voisine avec quelqu'un des services sociaux. L'objet de cet appel, naturellement, c'est moi ; je le devine au ton paternaliste : « Le jeune homme s'adapte » ou « Le jeune homme répond aux stimulations. »

Au secours.

J'ouvre discrètement une page Internet, cherche des informations sur le placement familial, découvre des abréviations, des notes et des acronymes incompréhensibles. La loi décrit ma condition avec des expressions aseptisées et approximatives : *difficultés nuisant à l'harmonie familiale, instabilité, maladie, détention, incurie.*

Des mots vraisemblables et jamais vrais.

Quelle loi peut définir « l'harmonie » et « l'enfer » ? Pour moi, « l'harmonie », c'est rester à Brancaccio près de la voie ferrée, c'est jouer avec mon chien errant et prendre soin de ma mère.

Voilà l'erreur de la société : confier la vérité aux mots et à leur effet boomerang qui balaie le sens de la vie, la décontextualise, la rend abstraite.

Je suis déçu, furieux, amer vis-à-vis du langage auquel j'attribue la responsabilité de tout mon malheur. Pour protester, je décide de me retrancher dans un silence impénétrable, de boycotter tout type de confrontation. C'est mon *intifada* contre les agressions des puissants.

Le seul langage qui ne me semble pas trompeur, c'est le dialecte, car non officiel, non figé, instinctif.

J'éteins le PC, je m'allonge à plat ventre sur mon lit et feuillette l'album photos de ma mère, celui que je cache sous mon oreiller ; puis, pour me dégourdir les jambes, je descends, m'approche de la fenêtre et regarde à travers la grille en fer.

Au rez-de-chaussée de l'immeuble, il y a un restaurant raffiné au personnel très distingué, mais la dame qui fait le ménage l'après-midi est sûrement de Brancaccio, je reconnais son accent. Je reste de longues minutes à l'écouter, comme Leopardi écoutait Silvia de son balcon. Elle parle en palermitain.

Pour bien parler le palermitain, il faut savoir calibrer le *i* en insistant avec une grimace, comme dans les mots *ciatu*, souffle, ou *nivuru*, noir. Le *d* forme un son impossible : il faut lui ajouter un *h* arabisant, comme dans *beddhu*, beau, ou *addhumare*, allumer. Même chose pour le « tr », à combiner également avec un *h* sonore, comme dans *matri*, mère. Sans oublier, enfin, les caprices du *r*, à redoubler en début de mot : comme dans *rrosa*, mais à avaler quand il s'appuie sur une autre consonne, *iuinnata* par exemple, journée.

Caché derrière la fenêtre, je guette les paroles de cette femme et savoure les nuances du dialecte comme les notes d'une berceuse. Je ferme les yeux, m'imagine au tribunal, devant le juge pour mineurs qui me donne la possibilité de prononcer une phrase, une seule, pour le convaincre de me rendre à ma mère.

Et je lui dis : « *Me matri è beddha comu 'na rrosa picchì è 'u me ciatu, picchì addhuma i iuinnati nivure*, ma mère est belle comme une rose parce qu'elle est mon souffle, parce qu'elle illumine mes journées noires. »

Mon gardien de but préféré, c'est Gianluca Pagliuca, le roi des parades acrobatiques.

Il a joué à l'Inter, à Bologne, à l'Ascoli et au Sampdoria. Il a même défendu les poteaux de l'équipe nationale. Il a arrêté vingt-quatre penaltys et disputé près de six cents matchs ; il a été propulsé en première division à vingt-deux ans.

Mes camarades ne le connaissent pas, car il a terminé sa carrière il y a plus de dix ans, quand Buffon est venu le détrôner. Mais pour moi, c'est le plus fort de tous.

Personne ne sait qu'il mangeait des pâtes et des œufs au petit déjeuner, personne ne se rappelle qu'il a frôlé le Ballon d'or ; ceux qui ne sont pas biberonnés au football ne peuvent pas savoir, enfin, que Pagliuca a été le premier *sweeper-keeper* en Italie.

En anglais, *sweeper* désigne un défenseur spécial qui ne marque pas un attaquant en particulier, mais fait office de dernier rempart pour bloquer les éventuels adversaires perçant la ligne de défense. Le *sweeper* le plus connu, c'est Franco Baresi, et en général, ces joueurs portent le maillot numéro 6.

Pagliuca n'était pas un simple gardien (*keeper* en anglais) mais un *sweeper-keeper*, un gardien libre qui ratisse la balle : un joueur hybride qui, au besoin, intervenait au-delà de la surface de but et jouait avec les pieds comme un défenseur.

Pagliuca était mi-gardien, mi-défenseur, comme le Minotaure, mi-homme, mi-taureau.

Cosimo est surpris par mon histoire, il me demande comment je connais toutes ces choses. Je frime un peu, j'invente que j'ai lu un livre écrit justement par Pagliuca ; en fait, j'ai vu une fois un reportage à la télévision.

« Y a des vidéos ? »

D'un côté, cette question naïve me fait rire, de l'autre, elle me fait plaisir : j'ai la possibilité de dévoiler ma culture footballistique.

Je lui adresse un regard de défi : « Cap' ou pas cap' ? »

Je le prends par le bras, lui dis de me suivre, lui indique le salon où Antonio fait ses devoirs devant l'ordinateur qui nous est interdit, en dehors de rares occasions.

Nous réveillons Mimma de sa sieste, lui expliquons tout et promettons de lui rendre la pareille.

Après de timides protestations, elle accepte.

Elle va à la cuisine, fouille parmi les jeux de société, prend le préféré d'Antonio et appelle ce dernier pour lui proposer une partie. L'imbécile mord à l'hameçon et abandonne l'ordinateur en le laissant allumé. Nous nous faufilons, Cosimo et moi, et fermons la porte.

Je baisse le volume, tire le rideau pour plonger la salle dans le noir et lance la vidéo.

Tandis que Bruno Pizzul commente Italie-Espagne 1994, Julio Salinas dépasse Mauro Tassotti, fixe les cages, prépare son pied droit et savoure l'explosion du stade guettant un but presque assuré.

Tassotti n'y croit plus, Arrigo Sacchi, qui suit le match sur le banc, n'y croit plus, le commentateur consterné n'y croit plus. Mais tous ont fait leurs comptes sans l'aubergiste. Ils ont oublié un détail : Pagliuca est entre les poteaux.

Le Minotaure du football, le *sweeper-keeper*, l'ultime défenseur italien abaisse ses bras en feignant de plonger, puis étire les mains vers le haut pour simuler un saut, et quand Salinas tire, il allonge sa jambe droite et crochète le ballon. L'Italie est sauvée.

Cosimo est en transe.

Anna m'a appris à fouiller dans les poubelles, mais j'ai honte.

Ma faiblesse l'agace, elle dit que la honte vaut pour les malhonnêtes et que nous ne faisons de mal à personne.

Nous avons une technique bien à nous, affinée par l'expérience : nous menons nos explorations les jours d'alerte déchets, quand les éboueurs ne sont pas passés depuis des semaines et qu'autour des conteneurs s'accumulent toutes sortes de choses ; nous utilisons un bâton pour ne pas toucher les ordures avec nos mains ; et surtout, nous nous concentrons sur les deux ou trois rues les plus huppées de Brancaccio, les seules où les habitants peuvent se permettre de jeter un vieux téléviseur, un meuble ou un matelas.

Je retourne à Brancaccio une semaine après avoir vu Anna. Elle a raison, je ne peux pas rester aussi longtemps loin de mon quartier, je dois me débrouiller pour y faire au moins un saut.

Je sèche les cours, c'est le seul moyen que j'ai trouvé pour contourner l'autorité de Maurizio et Giusy.

Ce jour-là, je vais attendre Anna tôt devant son lycée pour qu'elle n'aille pas en cours. Je la poursuis à travers la foule, comme dans les vieux films, je l'arrête juste à temps, au pied de l'escalier. Elle a gardé l'odeur de ses draps.

En chemin, Anna me donne des nouvelles du quartier, qui est né et qui est mort ; elle me dit qu'elle aussi, intriguée par ce que je lui avais raconté, s'est aventurée dans l'immeuble abandonné de la via Corleone où il y avait le clochard blessé, et qu'elle aussi a vu des choses qui ne lui ont pas plu.

Au cours de notre conversation, nous longeons les poubelles du viale dei Picciotti, la rue la moins pauvre de Brancaccio. Un bref échange de regards, et la même pensée : y aurait-il quelque chose d'utile parmi les ordures ?

Anna shoote dans les sacs en plastique pour voir ce qui se cache sous toutes ces immondices, puis elle me demande de la porter pour qu'elle puisse jeter un œil dans le conteneur. Finalement, nous trouvons un marteau au manche cassé et un fragment d'auvent en fibre de verre.

Ce butin en main, nous nous dirigeons vers notre endroit secret, notre bateau renversé.

Pour rejoindre cet endroit ignoré de tous, il faut traverser la moitié de Brancaccio, parcourir une jungle folle, une rue jonchée de cadres de scooters volés : si on n'était pas du coin, on se sauverait en courant.

Quand nous arrivons, Anna s'accroupit, fixe les clous d'une planche lâche avec notre marteau fraîchement trouvé ; puis, avec un bout de ficelle, elle m'aide à accrocher le panneau en fibre de verre sur une portion de coque qui laisse passer la pluie.

La force d'Anna m'impressionne. Elle a une endurance naturelle, une énergie inépuisable pour inventer des solutions. Je l'observe et pense à tous les mensonges que mon père m'a racontés, sur les différences entre les hommes et les femmes, sur la force masculine et la faiblesse féminine. Je suis content que ce soit Anna qui me rééduque, qui me secoue comme une vieille branche dont on veut éliminer les feuilles sèches.

« Tu peux m'apprendre ?

– Quoi ? »

Je pense : À être fort comme toi.

Je dis : « À planter des clous. »

Seulement, quand on est comme Anna, les mots que l'autre ne veut pas nous dire, on les devine tout de suite.

Elle répond : « Pour être fort, il faut d'abord te libérer de la haine. »

L'après-midi, je fais mes devoirs à la hâte, je prépare mon sac pour le lendemain, une odeur de gaz d'échappement pénètre par la fenêtre.

Chaussé d'une seule pantoufle, je vais dans la cuisine où Giusy joue avec Antonio, mais elle me dit que je dois rester dans ma chambre jusqu'à l'heure du dîner, que je dois respecter les règles.

J'obéis, je me hisse au sommet de nos lits superposés et ouvre sur mon oreiller le livre le plus transgressif de tous les temps : *Les Aventures d'Oliver Twist.*

Dickens décrit une vérité éternelle qui ne cesse de se confirmer et de se décliner : la société, pour sauver les apparences, refuse de laisser mourir les orphelins, mais elle se fiche complètement de ce qui leur arrive.

Je dévore *Oliver Twist* en glissant ma tête sous les draps pour que personne ne me voie, éclairé d'une petite lampe à pince dont je suis très fier et que je ne prête à personne.

J'adore ce livre. Je le trouve actuel, lucide, authentique. La langue de Dickens n'est pas compliquée ou ampoulée comme celle de nombreux écrivains ; ce n'est pas une démonstration d'habileté rhétorique : elle est simple, sale, proche de la réalité. Londres telle qu'elle est décrite pourrait être Palerme, Mrs Mann pourrait être une de mes profs, et Oliver parle comme les jeunes de Brancaccio, comme moi. Je ne comprends pas pourquoi au lycée, on s'obstine à nous faire lire des livres difficiles comme *Le Plaisir* de Gabriele D'Annunzio, et pourquoi personne ne veut étudier ce roman plein d'humanité.

La scène de l'hospice est la plus poignante. Quand les orphelins, encore affamés après un très maigre repas, tirent au sort celui qui doit demander du rab au directeur, c'est Oliver qui est désigné. Alors, une fois terminé sa soupe, il se présente devant l'homme avec son écuelle en bois, le regarde et bredouille : « J'en voudrais encore, monsieur, s'il vous plaît. » Tout le monde se tait, les autres responsables de l'hospice se figent, leur cuillère à la main, partageant la même incrédulité et la même indignation face à cette requête. L'un d'eux rompt finalement le silence pour déclarer que ce garçon finira pendu, tandis que les orphelins observent leur courageux compagnon avec espoir et admiration.

Oliver est ensuite frappé et éloigné rudement, l'ordre est rétabli et le lendemain matin, il est vendu cinq livres sterling comme esclave.

Sous les draps, avec mon livre et ma petite lampe, je pense au courage qui, comme le dit Anna, est proportionnel à la peur. En lisant ces pages, je comprends aussi que ce n'est pas une vertu, mais une exigence qui s'impose. Oliver n'aurait jamais eu le cran d'affronter le directeur s'il n'y avait pas été poussé par la nécessité.

Et moi ? Serais-je capable d'une telle bravoure ou attendrais-je passivement que les choses se passent ? Quelles circonstances pourraient me donner du courage ?

Je me pose ces questions, blotti sous ma couverture. Et d'autres questions me viennent. L'unique certitude, je la trouve dans les mots d'Oliver au directeur de l'orphelinat : « J'en voudrais encore, monsieur, s'il vous plaît. »

À l'heure du dîner, Mimma et Cosimo s'apprêtent à rejoindre la cuisine, ils me demandent si je viens avec eux, et je leur dis que je n'ai pas faim.

Je pense à ma mère. C'est peut-être vrai : quand on a trop de soucis en tête, on ne peut pas s'alimenter. Le jeûne est le début de la rébellion.

Je termine le quatrième chapitre, j'éteins ma lampe et saute de mon lit avec détermination. Je ne sais pas ce que je vais faire, mais je me sens lucide et décidé.

J'entre dans la cuisine où les autres mangent : Mimma et Cosimo dans un coin, Giusy, Antonio et Maurizio à leurs places habituelles. Je me plante devant ce dernier, j'attends qu'il se fige, sa cuillère à la main, comme le directeur de l'orphelinat d'Oliver, avant de prononcer la phrase que je rumine depuis une heure.

« Je voudrais voir ma mère, monsieur, s'il vous plaît. »

Mimma est une enfant qu'on a contrainte à devenir adulte. Elle a treize ans, treize ans seulement, mais elle est déjà habituée à se déguiser en femme.

Le matin, elle passe une heure à se maquiller dans la salle de bains ; elle nous laisse y aller les premiers pour avoir ensuite tout le temps de se préparer. Elle façonne ses boucles avec le sèche-cheveux, allonge le contour de ses yeux au crayon, colore ses lèvres de noir ou de rouge cerise.

Giusy a essayé de la dissuader de se farder ainsi, elle lui a dit plusieurs fois qu'elle ressemblait à une petite dévergondée ; et finalement, d'après les informations recueillies par Cosimo, la psychologue a conseillé de la laisser faire parce qu'il s'agit probablement d'une réaction à tout ce qu'elle a enduré.

Mimma a une histoire terrible, faite de vêtements de marque « en récompense de », d'un père répugnant qui la « contraignait à », d'hommes minables qui payaient « en échange de ». Je préfère ne pas en savoir davantage, pour elle et aussi pour ne pas trop m'impliquer : j'ai mes propres problèmes à régler, je ne peux pas me permettre d'endosser ceux des autres.

De nos trois lits superposés, Mimma occupe celui du milieu ; à table, sa place est entre Cosimo et moi ; elle est la première à vider son assiette, mais la dernière à se lever.

Sa situation est très différente de la mienne, Mimma ne pourra sans doute jamais rentrer chez elle, et ce foyer où nous vivons, aussi lamentable qu'il soit, est sûrement sa première vraie famille.

Dans ce nouvel univers, je suis son père plus que son frère : elle n'a pas besoin d'un frère.

Ce dont elle a besoin surtout, c'est d'un coup de main pour ses cours. Elle a redoublé deux fois, et la grammaire n'est clairement pas son fort.

« Mimma, tu peux pas dire "Je descends en bas".

– Et pourquoi ?

– C'est un pléonasme.

– Un pléo quoi ? »

Je m'assieds à côté d'elle et l'aide à faire ses devoirs. Les erreurs sont innombrables : conjugaisons inventées, concordance des temps inexistante, prépositions aléatoires, et puis du dialecte, du dialecte partout, comme dans cette rédaction elle a écrit qu'elle était une *vastasa* et une *niègghia*, une personne vulgaire et une bonne à rien.

« Ces deux mots ne vont pas.

– Oh, mais t'es trop sévère. T'as changé tout mon texte.

– Change juste ça, le reste est bien.

– Pourquoi ? Ça se dit pas ?

– Non, c'est faux.

– Pourquoi ?

– T'es ni une *vastasa* ni une *niègghia*.

– Tu crois ?

– Supprime-les, ou remplace-les par "spontanée" et "sensible". »

Mimma me regarde comme un prisonnier dont la cellule s'ouvre inopinément, ses yeux semblent me demander de répéter ce que je viens de dire ; mes mots doivent lui paraître exotiques et révolutionnaires. Elle étudie mon visage pour s'assurer que je ne plaisante pas, je fais oui de la tête pour qu'elle comprenne que je suis sérieux. Elle corrige en faisant baver l'encre avec sa main, et écrit « SPONTANÉE » et « SENSSIBLE ».

Je ne lui dis pas pour le S en trop.

Au lycée, mon bureau est devenu ma maison. Après avoir été arraché à celle que j'occupais avec mère, j'ai dû m'en trouver une autre ; et pas question que ce soit une fausse maison, avec une fausse famille et une fausse solidarité à huit mille euros par mois.

Mon bureau est vert d'eau avec une bordure en plastique noire, ses coins sont ébréchés, un de ses pieds n'a plus d'embout en caoutchouc et, quand on le déplace, ça fait grincer des dents. Mais son point fort, ce qui le différencie des autres, c'est son casier non ajouré : personne ne peut voir ce qu'il y a dedans. Je l'ai choisi pour ça. J'ai dû me bagarrer avec Paolo le premier jour de cours et, maintenant, il est à moi. Même la femme de ménage le sait, et quand elle nettoie la classe, elle se garde bien d'y toucher.

Mon casier est très organisé. À gauche, mon album Panini avec les vieilles images de Pagliuca ; au milieu, mes accessoires fétiches : une balle antistress, un cutter et un briquet, car un homme qui se respecte doit être calme, mais il doit également disposer d'un instrument pour inciser et d'un autre pour mettre le feu ; enfin, à droite, mes livres interdits : *Les Aventures d'Oliver Twist* et *Moi, Christiane F., 13 ans, droguée, prostituée...*, toujours, plus d'autres qui changent au fil des mois.

La surface de mon bureau aussi, la partie visible, est organisée : sur le bord opposé à moi, au centre ma trousse sert de rempart ; en bas à droite, près de l'angle ébréché, il y a des formules mathématiques à peine esquissées au crayon à papier ; à gauche, les désinences de la quatrième et de la cinquième déclinaison latine. Les autres, je les connais.

Et dès que j'en ai l'occasion, avec mon cutter caché sous mon cahier, je grave ; mais cette opération demande beaucoup de temps, d'application et de persévérance.

Au lycée, je ne suis pas le seul à personnaliser mon bureau ; la gravure est une pratique ancestrale. Tous les élèves gravent des choses stupides, des pénis pleins de poils, des injures et des promesses d'amour ; moi, j'ai dessiné les portraits de mes héros : Pagliuca, Jésus-Christ et Giordano Bruno. Le plus réussi, c'est Jésus parce que, pour faire sa barbe, j'ai brûlé légèrement la surface de la table avec mon briquet, et c'est du meilleur effet.

Aujourd'hui, le cours de physique est un supplice, je n'ai aucune envie de copier des formules ni de calculer des constantes d'équilibre ; si je pouvais déjà trouver le mien, d'équilibre, ce serait une grande victoire.

Sans réfléchir, je prends mon cutter, glisse ma main sous mon manuel et grave la lettre J.

J comme Jonathan.

Jonathan comme mon chien.

Jonathan comme mon demi-frère.

Demi-frère.

Un mot beau et douloureux à la fois.

« Je t'aime », Anna ne me l'a jamais dit.

Elle me dit d'autres choses, oui, des phrases comme « n'abandonne pas », ou « regarde-moi encore », ou « ferme les yeux avec moi », mais elle ne m'a jamais dit « je t'aime ».

Au début, ça m'attristait un peu parce que je voyais tous les autres amoureux se le dire et se l'écrire sur les murs des toilettes, puis j'ai fini par me faire une raison : Anna est comme ça.

Pour me consoler, je pense aux grands poètes qui, eux non plus, n'échangent pas de « je t'aime » avec leur bien-aimée. La chose la plus romantique que Dante ait dite à Béatrice, c'est qu'elle lui semblait honnête, ce qui n'est pas d'un grand romantisme ; un poète triestin, Umberto Saba, a écrit que sa femme ressemblait à une poule ; sans parler de Leopardi qui, dans un de ses rares poèmes d'amour, appelle sa fiancée Aspasia, comme la prostituée de Périclès.

Je finis par me convaincre que dire « je t'aime » n'est pas digne d'un vrai poète, et que toutes ces minauderies, il vaut mieux les laisser aux autres, à ceux qui réduisent l'amour à une pure ostentation, à ceux qui n'ont pas les mots, à ceux qui, heureux et fiers, célèbrent la Saint-Valentin, la fête la plus stupide jamais inventée.

Anna me le dit à sa façon.

Mais ça, je l'ai compris avec le temps, parce que l'amour, on le comprend seulement en regardant en arrière : quand on regarde devant, on le rêve et c'est tout ; et quand il nous tombe dessus, on ne sait même pas le reconnaître.

Nous voilà.

Le gars assis, c'est moi.

La fille debout avec les ciseaux, c'est Anna.

Sur les épaules, j'ai une petite cape grise qu'elle a volée au lycée et qui sert à recueillir les cheveux, à protéger les vêtements ; c'est du matériel de professionnel.

« Lève la tête.

– Comme ça ?

– Un peu moins. »

Anna coupe une mèche dans le sens de la longueur, elle ébouriffe mes cheveux avec sa main, les mouille pour qu'ils soient plus faciles à coiffer.

« Je peux ouvrir les yeux maintenant ?

– Non.

– Quand est-ce que je pourrai ? »

Anna souffle dans mon cou pour chasser les résidus de cheveux. Elle dépose un baiser au bout de son doigt et l'étale sur mes lèvres.

« Jamais.

– Pourquoi ?

– Tu vois mieux comme ça.

– Et ça fait quoi si j'ai les yeux ouverts ?

– Je te l'ai déjà dit : tu ne peux plus imaginer. »

C'est vrai que, privé de la vue, on perçoit plus de choses : les bruits quotidiens s'enrichissent de tonalités très différentes, la peau hume l'air comme pour le déchiffrer, la peur nous rend plus vulnérables, moins cyniques.

Anna se place derrière moi, elle égalise encore quelques mèches, désépaissit un peu avec ses ciseaux à dents.

La coupe est achevée, mais nous aimons ce rituel et ne voulons pas arrêter ; nous prolongeons cette cérémonie pour que nos sensations entrent en résonance.

Je voudrais dire à Anna que je l'aime, que je l'attends depuis une vie entière, mais je ne veux pas l'exprimer d'une manière banale, je veux faire comme les poètes, je veux trouver ma manière à moi de le lui dire.

Et ça donne : « Mes cheveux, toi seule peux les couper. »

Anna est contente, je le devine à sa façon de bouger derrière moi, elle pense peut-être que je suis un poète.

Maintenant c'est son tour, c'est à elle de s'exprimer, car je sens qu'elle aussi a quelque chose d'important à me dire.

Seulement, Anna a horreur des mots. Alors elle saisit mes cheveux et les tire, ma tête bascule en arrière jusqu'à se poser sur ses seins moelleux.

J'abandonne toutes mes forces.

Et ouvrir les yeux, je n'y pense plus.

Je ne peux pas voir ma mère.

C'est la décision du juge pour mineurs, après la lecture des premiers rapports des services sociaux, car son grave déséquilibre mental risquerait de compromettre ma délicate réinsertion dans la société ; c'est ce que m'a répondu Maurizio le soir où je lui ai adressé ma requête comme Oliver Twist.

« Tu ne peux pas voir ta mère, ce n'est pas bon pour toi. »

Giusy s'est levé, la bouche pleine, et m'a donné une fausse caresse pour m'inviter à me calmer, à ne pas faire de crise devant Antonio ; puis, s'apercevant que sa douceur ne me calmait pas, elle m'a intimé d'obéir à Maurizio.

« Je veux pas obéir à Maurizio, je veux voir ma mère !
– Elle est entre de bonnes mains.
– Menteuse ! »

Maurizio a jeté ses couverts dans son assiette et s'est levé d'un bond, le visage tout rouge.

« Ici, il y a des règles ! Tu entends ?
– *Vogghiu viriri me matri* ! »

Maurizio a fait un pas en arrière, ses narines dilatées, tremblant de rage ; il n'a visiblement pas l'habitude d'être contredit. Pendant un instant, j'ai cru qu'il allait me frapper, jouer le rôle du père intransigeant face à son fils impertinent, j'étais prêt à lui arracher la peau avec mes ongles, comme au gars de terminale, parce que, même s'ils sont détraqués, j'ai déjà un père et une mère.

« File dans ta chambre avant que je t'en colle une », m'a-t-il lancé sur un ton de défi.

Et finalement, je suis retourné dans ma chambre parce que cet homme et cette femme sont dangereux, parce qu'ils sont en lien avec les services sociaux qui rédigent les rapports pour le juge.

De toute façon, le mal est fait, et je vais devoir payer : je ne peux pas espérer m'en tirer comme ça après avoir traité Giusy de menteuse devant tout le monde.

En effet, la répression ne se fait pas attendre.

Je ne pensais pas que Maurizio et Giusy pourraient aller si loin, j'étais convaincu qu'après la liberté, ils n'avaient plus rien à me confisquer, mais je ne savais pas à qui j'avais affaire.

Au lendemain de cette altercation, quand, en rentrant du lycée, je m'allonge sur mon lit pour la sieste forcée et que, ne sentant rien sous mon oreiller, je le soulève et ne vois que l'étendue blanche du drap : l'album photos de ma mère n'est plus là.

Je cherche partout dans la chambre : derrière le bureau, sous le matelas, au fond des tiroirs, je fouille la poubelle et le linge sale dans la buanderie. Aucune trace. Alors je me tourne vers Giusy et, la voix tremblante, je lui demande si elle ne l'a pas pris par erreur.

« Pris, peut-être, par erreur, sûrement pas, Rosario.

– Rends-le-moi.

– Dans cette maison, c'est moi qui donne les ordres.

– Rends-le-moi !!

– Désolée, je ne sais plus où il est.

– Rends-le-moi, je te dis.

– Maurizio ! Maurizio, Rosario m'agresse. »

Maurizio sort de son bureau, me pousse pour m'éloigner de sa femme et pointe son doigt sur moi, mais la violence ne me fait plus peur.

Seuls les mots m'effraient, comme ceux qu'il prononce quand il comprend que je ne le crains pas physiquement.

« Ce n'est pas avec ce comportement que tu vas revoir ta mère, sur la tête de sainte Rosalie ! »

Le lendemain, il y a assemblée générale au lycée, une journée de vacances. On arrive à huit heures, on répond à l'appel, et puis on va écouter les représentants des élèves à l'auditorium, ou alors, on s'éclipse discrètement et sans crainte.

Je m'éclipse.

En marchant, j'engage une guerre contre moi-même. À la fin, mon orgueil s'incline face à cette autre partie de moi qui m'empêche de dormir la nuit en me susurrant que nous ne sommes pas des marionnettes entre les mains du destin et qui me convainc d'aller chercher mon frère, même s'il me déteste.

Notre père est en prison à cause de moi, et me voilà devant le lycée de Jonathan.

Je suis venu à pied.

Au fond, tous les lycées se ressemblent : le drapeau italien, le drapeau européen, la cafétéria, les filles en legging noir qui jacassent comme des oies sur les marches.

J'attends la récréation pour entrer.

Trouver mon frère n'est pas facile, je ne me rappelle pas bien son visage. Je l'ai vu pour la première fois il y a quelques mois avec ma mère ; il était à la terrasse d'un café, entouré de mon père et de sa maîtresse, Valeria. Je le croise aussi sur les terrains de foot parce que nous partageons la même passion.

Je cherche dans les regards autour de moi la fourberie de notre père, l'indifférence de celui qui nous a élevés sous deux toits différents. Mais cette piste n'est pas bonne : nous sommes des individus singuliers, tout dans notre chair n'est pas héréditaire.

J'arrête une maigrichonne à lunettes : « Où est Jonathan ?

– Quel Jonathan ?

– *Amunì*, Jonathan Altieri. »

Elle feint de réfléchir, de ne pas comprendre, et enfin, admet le connaître. Pas personnellement, mais de nom : dans un petit lycée de quartier, avec un père en prison pour homicide, on ne passe pas inaperçu.

Dans le hall, je prends le deuxième couloir à droite. Après la quatrième porte, je ralentis, me plante devant sa classe et attends quelques minutes.

Jonathan sort.

Nous nous retrouvons face à face, comme dans les westerns, mais ce n'est pas un duel.

Jonathan a du gel dans les cheveux, les oreilles rouges, un survêtement et des Nike. Il est très différent de moi.

« Qu'est-ce que tu fais là ?

– Je voudrais te parler.

– De quoi ?

– Dans cette histoire, nous deux, on y est pour rien. On est demi-fr...

– *Vattinni* !

– Non.

– Dégage ou je t'éclate !

– Je m'en irai pas.

– Si tu dégages pas, je t'éclate. »

Le professeur arrive, Jonathan regagne sa place après m'avoir foudroyé du regard. Je file vers la sortie.

Je suis satisfait. Cette entrevue dément le scénario de mon imagination : Jonathan n'a pas encore le cynisme de notre père, je ne lui suis pas indifférent.

Il me hait, donc j'existe.

Le journal télé s'intéresse à Brancaccio uniquement en cas de malheur. Hormis dans les séries noires, moins on en parle, mieux c'est.

Chaque fois qu'un accident se produit, on retrouve dans les ruelles du quartier les stagiaires du *Giornale di Sicilia*, ou les commentateurs d'Antenna Sicilia, voire, dans les situations les plus dramatiques, les caméras de la Rai poursuivies par des enfants à vélo.

La misère des banlieues, la marginalisation qui engendre insatisfaction, criminalité et délinquance, tout cela passionne les téléspectateurs. Un gros titre effrayant sur les unes locales, un politique au-devant de la scène, et terminé, le rideau peut tomber.

Le malheur du jour : le cadavre d'un sans-abri a été découvert dans un immeuble abandonné de Brancaccio. Cet homme avait déjà fait parler de lui il y a quelques mois, après avoir été renversé par un chauffard. Outre les prises de vues qui insistent sur l'état de dégradation et d'abandon du quartier, le reportage précise que l'agonie et la mort du mendiant ont probablement été causées par l'infection de sa jambe blessée lors de l'accident et jamais soignée.

Je me lève, m'approche de l'écran et demande à Cosimo et Mimma de se taire.

Cette rue filmée par les caméras, je la connais bien ; je l'ai parcourue maintes fois avec Tronçonneuse et mon chien Jonathan, je connais ses bâtiments, ses trottoirs envahis de mauvaises herbes, son revêtement défoncé : c'est la via Corleone. Mais surtout, je connais la victime : il s'agit du clochard que j'ai croisé quelques semaines auparavant.

En regardant le reportage, je revis ces instants comme dans un film : la silhouette du blessé gisant au sol, son visage terrorisé, l'homme aux bottes en caoutchouc qui me chasse brutalement. À la lumière de cette information, je me repose les questions auxquelles je n'ai pas su répondre ce jour-là. Qui est-il ? Pourquoi surveillait-il le clochard ? Et pourquoi les journalistes ne parlent pas de lui ?

Encore quelques secondes de façades délabrées, de rues jonchées d'ordures avec, çà et là, des seringues usagées, et la présentatrice passe à l'actualité sportive.

Affaire classée. Une affaire que personne ne rouvrirait : qui s'intéresse au sort d'un clochard ?

Je n'ai pas le temps de raisonner, d'élaborer des hypothèses et des conjectures, je n'ai même pas le temps de m'apitoyer que Giusy déboule en furie.

Je recule pour gagner du temps, j'essaie de comprendre ce qu'elle me reproche.

« Qu'est-ce que j'ai fait ? »

Elle est au courant de ce qui s'est passé le matin, de mon entrevue avec Jonathan ; elle sait que je suis allé à son lycée.

« Attends que Maurizio rentre, tu vas voir ! » lance-t-elle, puis elle part en claquant la porte.

Cette famille d'accueil, ce n'est pas seulement une prison : c'est Big Brother.

Comme si ça n'était pas suffisant, en plus de l'assistante sociale, je dois parler avec la psy scolaire. Une décision sans appel de la coordonnatrice pédagogique, Mme Vallone en personne.

En réalité, la psy est une enseignante du lycée qui, par le passé, a donné quelques cours d'histoire de la psychologie et qui, forte de cette expérience exceptionnelle, est devenue le « presse-cervelle » officiel de l'établissement. J'ai nommé : la professeure Caruso.

Je n'ai rien contre Mme Caruso. C'est une brave personne. Je suis sûr qu'elle ne cafardera pas dans mon dos et ne se moquera de moi avec personne. Elle a juste un défaut, Caruso : elle est bête.

En guise de bureau d'assistance psychologique, on lui a assigné le local des surveillants, l'endroit où ils prennent leur café pendant la récréation, et elle a jugé bon d'y installer un gros tapis de gym faisant office de divan. Aucun doute : elle a vu trop de films.

Mes entretiens avec elle sont pénibles, pour plusieurs raisons : sa bêtise, l'hostilité des pions délogés de leur repaire, le brouhaha du couloir et surtout, l'absence totale de confidentialité à cause des cloisons en plexiglas.

« Alors, Rosario Altieri, d'où vient votre tendance à la violence ?

– Je suis pas violent.

– Pourtant, les rapports stipulent que vous avez une nature violente et que vous avez grandi dans un environnement violent.

– C'est pas mon environnement, c'est le monde qui est violent.

– C'est ce que disent les services sociaux.

– C'est faux.

– Peut-être que vous aimez la violence parce que, comme tous les jeunes, vous êtes fan de Mike Tyson.

– Je suis pas comme tous les jeunes. Et je pense pas que tous les jeunes se ressemblent.

– Vous aimez Mike Tyson ?

– Je le connais pas.

– Tenez, regardez cette image.

– C'est quoi ?

– À vous de me le dire : que voyez-vous ?

– Comment ça, qu'est-ce que je vois ? Un homme qui frappe une femme.

– Et ça vous fait quoi de regarder cette image ? Avez-vous une montée d'adrénaline ?

– Non.

– Qu'éprouvez-vous ?

– Rien.

– Pourquoi ?

– Parce que ça se voit à des kilomètres que ce sont des acteurs, mauvais en plus. La fiction me fait rien.

– Pourquoi êtes-vous aussi insensible ?

– Je suis pas insensible.

– C'est écrit dans les rapports.

– Les rapports sont faux.

– Ils ont été rédigés par des professionnels.

– Des professionnels ratés qui se font de l'argent sur mon dos.

– Des professionnels agréés.

– Ouf, me voilà rassuré. Je peux m'en aller ?

– Non. J'ai encore des questions.

– Encore ?

– Pourquoi avez-vous été violent avec votre camarade ?

– C'est pas mon camarade, il est en terminale.

– D'accord : pourquoi avez-vous été violent avec cet élève de terminale ?

– Il a insulté ma mère.

– Et vous pensez que c'est une raison pour lui taper dessus ?

– Je l'ai pas tapé : je l'ai griffé.

– C'est pareil : ce n'est pas une raison.

– OK.

– Vous ne recommencerez plus ?

– Je recommencerai plus. Je peux y aller maintenant ? »

Mme Caruso me regarde, ajuste ses lunettes et me fait comprendre que non, elle ne veut pas me libérer, je dois absolument confirmer les théories qu'elle a apprises dans son vieux manuel de psychologie. Si je tente d'apporter une lecture différente ou une nuance, elle perd le contrôle et me répète la même chose en boucle.

J'ai fini par m'habituer à sa nullité, et dorénavant, je tente de rendre ces heures plus légères, voire de m'amuser de cette psychologie d'amateur. Ma méthode est la suivante : inventer des phrases incohérentes pour provoquer des courts-circuits dans le cerveau de notre analyste zélée qui considère ces paroles mystérieuses comme les révélations d'un esprit complexe à apprivoiser.

« Madame, aujourd'hui, j'ai besoin de vider mon sac.

– Je suis là pour ça. Allez-y, je vous écoute.

– Je suis obsédé par l'incommensurabilité des possibles. »

Mme Caruso se jette sur son carnet, elle doit voir dans cette confidence la chance de sa carrière.

« Soyez plus précis.

– Je regarde les gens et… je me demande si le sens des mots réside dans les gestes ou dans les silences que tôt ou tard nous sommes tous obligés d'avaler, si c'est vrai que la vie est une longue histoire qui se poursuit. »

Caruso, évidemment, ne comprend rien, car il n'y a rien à comprendre, mais elle fait semblant pour donner un sens à sa science.

« Voilà, c'est exactement là que je voulais en venir : les silences que tôt ou tard nous devons avaler.

– Oui... Je peux y aller ? »

Elle reste silencieuse, trop occupée à transcrire dans son carnet d'éminente psychologue l'absurdité que je viens de lui assener. Je me lève en catimini, passe la mince porte en aluminium et retourne en classe.

Anna sèche les cours pour venir jusqu'à mon lycée ; c'est désormais le seul moyen de nous voir.

« Je sais où est ta mère.

– Où ça ? »

Anna récupère un bout de papier, dessine la ville avec un stylo capricieux et entoure le quartier d'Arenella où se trouve, m'explique-t-elle, la fameuse clinique.

Je ne lui ai pas dit qu'on m'empêchait de la voir, que cette famille-prison m'avait imposé un infâme chantage (plus j'insiste, moins j'ai de chance d'obtenir gain de cause), mais elle le devine au découragement avec lequel je plie et glisse le papier dans ma poche.

« Je peux y aller à ta place.

– Non, j'irai moi. »

Anna me tend un de ses écouteurs, approche sa tête de la mienne, et nous écoutons notre chanson fétiche, qui semble parler de nous : l'histoire d'un garçon et d'une fille de banlieue qui dansent si près que leurs peaux se fondent et qui se demande *Où est le chemin vers les étoiles*. Il est à côté de moi.

« Il se passe des trucs louches à Brancaccio, je dis à la fin du morceau.

– Je sais.

– C'était qui, cet homme blessé et retrouvé mort ?

– Un malheureux qui avait besoin d'argent.

– Un clochard ? »

Anna fait non de la tête, elle n'a pas envie d'en parler. Elle n'est pas mystérieuse, elle veut juste affronter les problèmes un par un. Et pour l'heure, nous avons deux problèmes plus gros que tous les autres, plus gros que nous.

D'abord sa famille, ses parents. Anna ne m'a jamais parlé d'eux et je n'ai jamais forcé sa discrétion ; je l'ai toujours laissée se confier à son rythme. Ce jour-là, ce n'est pas elle qui décide de m'en parler, mais les circonstances qui l'y obligent : ses parents ont entendu parler de moi et refusent qu'elle me fréquente. Les raisons sont évidentes : non seulement je suis le fils d'un repris de justice, mais en plus j'ai une mère internée ; à Brancaccio, c'est plus que suffisant pour devenir un paria.

Mais il y a autre chose, plus grave encore, qui ne laisse aucune échappatoire. Après des années de chômage, son père envisage une solution radicale : partir avec femme et enfant en Australie pour y trouver du travail.

Je ne dis rien, ne manifeste pas la moindre émotion, et les paroles de notre chanson me reviennent à l'esprit : le *chemin vers les étoiles* s'efface. Dans ma famille-prison, j'aurai tout le temps de mesurer le poids du déchirement.

La sonnerie retentit, je dois retourner en cours.

« Tiens, fait-elle.

– Pourquoi ?

– Tu t'en sers plus que moi. »

J'enroule les écouteurs d'Anna sur mes doigts, les glisse dans ma poche. Si elle part pour toujours, ses écouteurs seront mon fil d'Ariane.

La révolte est juste.

Subir est une erreur.

On veut nous habituer aux chaînes.

À Palerme, la révolte est une tradition. L'histoire l'apprend à ceux qui naissent ici.

Il y a des années, les Angevins tyrannisaient la ville. Ils faisaient ce qu'ils voulaient : ils pillaient les récoltes, réclamaient des tributs exorbitants, allaient se baigner à Mondello pendant que les Palermitains travaillaient.

Puis un jour vint la révolte. Pour éclater, elle a besoin d'un signal, d'un événement même insignifiant qui enflamme l'orgueil blessé.

Ainsi, sur le parvis d'une église, à la sortie des vêpres, les Angevins fouillèrent les Palermitains pour s'assurer qu'ils n'étaient pas armés. Ils contrôlèrent le premier homme : rien. Pareil avec le deuxième, le troisième puis le quatrième : tous innocents. Pas l'ombre d'une arme sous le manteau.

Alors l'un d'eux eut cette idée perfide : contrôler les femmes. Il se fraya un chemin dans la foule, passa en revue les visages des Palermitaines, repéra la plus belle et la fouilla sans aucune pudeur. Il la palpa partout : sous sa jupe, dans son décolleté, et même sous son jupon.

Le geste de trop.

La femme rougit de honte, baissa le regard et s'évanouit devant cet affront : ce fut le signal. Palerme s'enflamma, les paysans brandirent leurs bêches, les marins leurs rames, et dans la ville se déchaîna une terrible chasse à l'Angevin.

Ces derniers détalèrent comme des rats : ils se cachèrent dans les jarres d'huile, sous les tapis, derrière les rideaux. Ils tentèrent enfin de se camoufler en s'habillant à la palermitaine.

Quand ils croyaient avoir attrapé un Angevin, les insoumis le secouaient, le giflaient et, pour écarter tout soupçon, l'obligeaient à répéter le mot *cìciru*, « pois chiche ». Les Transalpins, incapables de prononcer le son « tch » marmonnaient « chichirou », un instant avant d'être trucidés.

Nous sommes à table, dans ma famille d'accueil qui n'a rien de familial et encore moins d'accueillant. Le dîner consiste en quelques pâtes spongieuses flottant dans un bouillon insipide. J'ajoute du fromage à chaque cuillère, jusqu'à ce qu'il n'y en ait plus, puis j'aspire les dernières gouttes à même mon assiette.

Mimma n'a pas très faim. Elle crée avec sa cuillère un tourbillon qu'elle fixe, pensive.

Demain, toute sa classe part en excursion à Cefalù, sauf elle. Giusy et Maurizio ne veulent pas. Ils ne le lui ont pas dit clairement, mais d'une manière affectée et allusive qui ne laissait guère de place au doute ; ils l'ont fait devant nous, sans aucune délicatesse : ils pensent qu'elle est encore perturbée, que c'est une nymphomane, et craignent que dans le premier Autogrill, elle se laisse entraîner par un détraqué pour refaire les choses qui l'ont amenée en famille d'accueil.

Mimma n'abandonne pas, elle est trop à vif pour encaisser une telle sentence, elle ne comprend pas. Soudain, elle se lève de table, se précipite dans la cuisine où mangent Giusy, Maurizio et Antonio, et hausse la voix : elle demande pourquoi, ce qu'elle a fait de mal ; elle dit que dans ces conditions, elle ne pourra jamais être comme ses camarades, qu'elle sera toujours différente.

La décision est sans appel.

Mimma dit que ce n'est pas juste, s'étouffe dans ses sanglots.

C'est toujours non.

Cosimo se lève, la prend par le bras, la traîne dans notre chambre en lui marmonnant de ne pas donner satisfaction à ces cons.

Dans la chambre règne un silence glacial qui amplifie les pleurs de Mimma. Ni Cosimo ni moi n'arrivons à la consoler, les mots ne sont pas notre fort. Nous sommes juste capables de lui tapoter le dos.

Durant ce silence frustrant nous parvient de la cuisine le rire strident de Giusy qui couvre Antonio de bisous.

C'en est trop.

Je suis né dans la ville de la guerre des Vêpres et la révolte ne peut plus attendre.

Je ferme les yeux, serre les poings, j'attends que l'adrénaline fasse affluer le sang de mon cerveau à mon cœur, car je vais avoir besoin de courage.

Antonio se lève, entre dans les toilettes situées en face de notre chambre.

Sur la pointe des pieds, je me poste derrière la porte, j'attends le bruit de la chasse d'eau pour rassembler mes forces.

Antonio sort, je l'attrape par les épaules, l'immobilise en passant un bras autour de son cou et plaque une main sur sa bouche pour l'empêcher de crier. Il est petit et maigre, Antonio : l'attirer dans notre chambre est un jeu d'enfant.

Quand Cosimo me voit arriver, il comprend. Mimma s'agite, bondit sur ses pieds, s'essuie le visage.

« Ferme la porte, grouille ! »

Cosimo ne se le fait pas répéter deux fois. Il pousse délicatement la porte pour ne pas faire de bruit et, à défaut de clé, il presse son épaule contre le bois pour la bloquer.

« Non, mets le lit. »

Antonio joue des coudes, essaie de me mordre avec ses petites dents ; je ne sens rien.

« Eh, tranquille, je te jure sur la tête de ma mère qu'on te fera pas de mal. »

Il ne me croit pas, se débat, tape des pieds. Pendant ce temps, Cosimo et Mimma déplacent le lit. L'opération barricade terminée, nous nous sentons en sécurité, je relâche ma prise et Antonio se met à hurler.

« Qu'est-ce qui se passe ? ! » lancent Maurizio et Giusy.

Antonio crie désespérément, peine à articuler, Mimma lui caresse la joue, elle tente de le calmer, mais je lui donne un coup de coude : sa peur est notre levier.

Maurizio et Giusy essaient d'ouvrir la porte, mais ils sentent la résistance du lit et Cosimo qui pousse derrière.

« Ouvrez ! »

Je ne réponds pas, j'invite mes complices à en faire autant : laissons-les mariner dans leur angoisse, comme ils nous y abandonnent depuis des mois.

J'attends quelques secondes, puis je lance : « On ouvre à condition que Mimma puisse partir demain en excursion, sinon on ne bouge pas, et Antonio non plus. »

« Petit merdeux ! »

Je me moque de leurs insultes, le ton de Maurizio ne me fait pas peur, je veux juste rendre à Mimma un peu de dignité, et à nous aussi au passage, qui sommes dans le même camp.

Maurizio et Giusy ne cèdent pas, ils vont comploter dans le salon. Pendant ce temps, Antonio s'apaise dans les bras de Mimma qui le cajole comme une mère.

Une demi-heure passe, peut-être plus.

Antonio s'assied, il a compris que crier ne sert à rien. Cosimo a retiré son haut de pyjama ; cet épisode a réveillé son âme de pirate, il est arrivé là après avoir été impliqué dans une série de vols avec ses parents. Mimma est mortifiée, elle sait qu'il y aura des représailles et regrette déjà d'en être la cause, mais il est trop tard.

Finalement Maurizio et Giusy reviennent derrière la porte, tentent une dernière fois de la forcer à coups d'épaule. En vain.

« Rosario », dit Giusy d'une voix bienveillante.

Je ne réponds pas, je ne mordrai pas à l'hameçon.

« Rosario, je suis au téléphone.

– Super, content pour toi !

– Tu ne veux pas savoir avec qui ?

– Non.

– Tu es sûr ?

– …Avec qui ?
– Avec ta mère.
– La clinique interdit de téléphoner aux patients.
– C'est pour ça que j'ai le numéro personnel d'une infirmière.
– Menteuse ! »
Giusy colle son téléphone contre la porte et, pour que j'entende mieux, active le haut-parleur.
« Saruzzu. »
Je reconnais la voix de ma mère, brisée, émue.
« Maman !
– Saruzzu, ouvre cette porte. »
Je glisse mes mains sous le lit pour le soulever, je parviens laborieusement à la déplacer de cinquante centimètres, j'ouvre et Antonio se carapate.
Je me retrouve face à Giusy qui tend le téléphone d'où sort la voix de ma mère.
« Saruzzu. »
Mais avant que je puisse lui répondre, Giusy pointe l'index de sa main gauche et appuie sur le bouton rouge pour raccrocher.

Mon lycée a appris à gagner de l'argent selon les mêmes méthodes que les pires établissements scolaires d'Italie.
Depuis quelques années, une loi autorise les proviseurs à demander une contribution aux parents d'élèves, dite « volontaire ». Cette cotisation est demandée en septembre et, comme l'indique son intitulé, elle n'est pas obligatoire.

Dans mon lycée, la plupart des familles donnent deux cents euros ; les autres, les plus modestes, ne donnent rien. Et jusque-là, rien d'anormal : un marché honnête.

Mais en réalité, le paiement ou le non-paiement de cette cotisation divise les élèves en deux catégories : les « privilégiés » et les « non-privilégiés ». Ces derniers, dans les registres de classe, sont signalés par une petite croix au crayon.

Les privilégiés ont accès à de nombreux services : soutien scolaire, échanges linguistiques, stages de voile, activités diverses. Les autres doivent se contenter des heures de cours classiques.

Et voilà l'école publique qui fait un pied de nez à la Constitution.

Qu'ils pourrissent tous en enfer ! Je ne veux plus penser à cet élitisme social, j'ai hâte d'être débarrassé du lycée pour m'éloigner de ces bassesses. En attendant, je me concentre sur le peu de choses positives que l'école m'offre, comme le championnat de foot des lycéens de Palerme.

Au dernier, nous avons fini quatrièmes à cause d'un mauvais milieu de terrain qui ne passait jamais le ballon aux attaquants ; mais, cette année, nous pouvons compter sur deux nouvelles recrues, des gars élancés et agiles qui soignent particulièrement leur jeu de passes. On a tout pour gagner.

Dans ma classe, les délégués ne sont pas des passionnés de foot, ils n'ont aucune envie de s'occuper de la sélection des joueurs ; je me suis chargé avec joie de cette mission.

Je vais de classe en classe, repère six défenseurs, cinq milieux de terrain et quatre attaquants : Pappalardo désignera les titulaires. Côté gardiens, le choix est maigre : en réalité, je suis le seul vraiment capable de jouer dans les buts.

Le championnat commencera à la fin du mois de février et, entre le premier tour de qualification et les matchs éliminatoires, il durera jusqu'au début du mois de juin.

C'est un petit tournoi de province, il s'agit avant tout de s'amuser et de sauter quelques heures de cours, mais pour moi, c'est bien plus encore.

Au lycée je suis connu comme « le voyou de Brancaccio », et cette étiquette me pèse. Je voudrais prouver que je sais faire autre chose, leur montrer comment on joue entre les poteaux, et que je suis le seul à pouvoir mener notre équipe à la victoire.

Et puis, depuis que je vis en famille d'accueil, je ne peux plus suivre les entraînements du Virtus Brancaccio, et ça me manque de ne plus jouer sur un vrai terrain. Cette compétition m'en donne l'occasion.

Elle me donnera aussi l'occasion de croiser Jonathan qui joue pour son lycée au poste d'attaquant.

Je frappe à la porte de la première C, tandis que Pappalardo livre un cours passionnant sur l'articulation du genou. J'entre en m'excusant et lui remets la liste des joueurs à convoquer par courrier.

Il s'assied, déplie la feuille et parcourt les noms. Puis il prend son registre, compte, vérifie les dates de naissance et je ne sais quoi d'autre.

Il s'arrête sur mon nom.

« Altieri.
– Oui, m'sieur.
– Mais tu ne peux pas participer.
– Pourquoi ?
– Parce que tu n'as pas payé ta cotisation. »

Après la séquestration d'Antonio, le climat chez Maurizio et Giusy est devenu irrespirable.

Non seulement ils ne nous parlent plus et n'ont pas laissé Mimma partir en excursion, mais ils ont aussi fait retirer la porte de notre chambre. Enfin, ils ont bien sûr tout raconté aux psys et aux services sociaux pour qu'ils rédigent des rapports très sévères qui finiront entre les mains du juge.

Par chance, entre nous, les pensionnaires, la vie n'a pas changé. Au contraire, dans notre malheur, nous nous sommes encore rapprochés.

Pour résister dans cette prison, nous devons rester soudés. Seuls, nous sommes des bouts de papier, ensemble nous formons un cahier, impossible à déchirer, même en y mettant toute sa force.

Nous décidons d'éviter les polémiques inutiles : nous acceptons les repas différents, la privation d'argent de poche et l'interdiction de regarder la télé ou d'utiliser l'ordinateur. Face à eux, nous nous retranchons dans un silence révérencieux en nous conformant aux horaires et en baissant la tête à chaque directive ; nous ne le faisons pas par respect, mais parce qu'ils tiennent à présent les rênes de notre destin.

Un destin qui se joue d'abord dans notre chambre. Même sans porte, nous parlons avant de dormir ; le matin, le premier qui ouvre les yeux demande aux autres s'ils sont réveillés ; parfois, nous nous asseyons en cercle et échafaudons des projets d'insurrection. Nous sommes devenus des compagnons de guerre.

Le lendemain de mon exclusion du tournoi de foot, c'est notre jour de déménagement. Je prends *Oliver Twist* et mon oreiller, glisse ma lampe dans ma poche, mon briquet entre les pages du livre, et je descends en m'agrippant à l'échelle métallique. Chaque premier dimanche du mois, Cosimo et moi changeons de lit pour une question d'équité. Mimma reste au milieu, où elle se sent protégée. Ce dimanche donc, je cède la couchette du haut à Cosimo pour m'installer à sa place sur celle du bas.

Le soir, j'ai du mal à trouver le sommeil. Le matelas de Mimma gravite à quelques centimètres de mon visage, j'entends la télé allumée à plein volume dans le salon et après avoir passé toute la journée à la maison, je ne ressens aucune fatigue.

Je m'endors très tard, blotti contre le mur pour chercher un peu de chaleur.

Une heure s'écoule, et mon grand-père Rosario apparaît.

« Eh *picciriddi*, je peux fumer ici ?

– Ils ne t'entendent pas, grand-père, ils dorment.

– Toi aussi, tu dors.

– Mes yeux dorment, pas ma tête. »

Mon grand-père est venu me saluer. Dans quelques jours, le tremblement de terre de la vallée du Belice en 1968 détruira les maisons, tuera quatre cents personnes et ravagera les récoltes.

« Grand-père, comment va maman ?
– Mieux, elle guérit.
– Et mon chien, tu sais où il est ?
– Non, mais Anna a raison.
– Comment ça ?
– Les chiens égarés reviennent à l'appel de deux grandes émotions. »

De sa paume calleuse, il lisse ma couverture, suit la silhouette de mes jambes. Il fait mine de partir, puis s'arrête et regarde mon jean posé sur la chaise. Il glisse sa main dans une poche, trouve les écouteurs et rit.

J'ai l'impression de vivre en famille d'accueil depuis une éternité. J'y ai passé les fêtes de Noël et du Nouvel An, L'Épiphanie et de froides semaines d'hiver.

Ce temps gâché accentue le sentiment d'enfermement, comme si naître dans le mauvais quartier, c'est être voué à la prison.

Je note dans mon journal le temps écoulé depuis que les services sociaux m'ont séparé de ma mère ; je rêve d'une résolution magistrale et libératrice de tous mes problèmes. Amorphe, je commence à m'habituer au joug de l'oppression.

Depuis la brève séquestration d'Antonio, je n'ai plus d'argent de poche.

Finis les dix euros du samedi, finis les deux euros par jour pour acheter mon goûter à la boulangerie.

Une sacrée baisse de standing de Brancaccio à la via Dante : mes poches étaient plus remplies quand j'aidais les clients du discount à porter leurs courses. Maurizio et Giusy me donnent juste de quoi acheter mon ticket de bus, le matin.

Alors je ne l'achète plus.

M. Pappalardo entre dans ma classe pendant l'heure de maths pour convoquer Paolo, mon camarade, aux entraînements en vue du tournoi. Il lui dit de ne pas oublier ses crampons.

Il ne fait pas attention à moi.

Il n'imagine pas une seconde que mon exclusion puisse me mettre mal à l'aise vis-à-vis des autres ; il ne craint pas de me blesser : il doit penser que son comportement est justifié par le Dieu de la Cotisation volontaire.

Mes camarades se tournent vers moi, interloqués : ils savent bien que je suis le seul gardien du lycée et que je suis, en grande partie, à l'origine de ces convocations.

« M'sieur.

– Oui, Altieri.

– Je peux pas jouer quand même ?

– Tu as payé ta cotisation ? »

Je déteste ce sous-homme. Son étroitesse d'esprit, sa mesquinerie, son manque d'éthique.

Je ne parviens pas à me taire. Une réponse peu diplomatique me chatouille le bout de la langue, je la lui lance, telle une flèche décochée par les puissants archers anglais.

« M'sieur, vous travaillez dans un lycée public, vous avez oublié ? »

Pris en flagrant délit de lèse-majesté, une seule option : la convocation chez le proviseur. Comme toujours.

Le proviseur me reçoit. Le pauvre, il ne sait plus quoi faire de moi. Il bredouille de faibles arguments contre ma conduite, que M. Pappalardo est un grand professionnel, que le corps enseignant ne peut tolérer de pareils affronts, qu'il faut respecter les adultes et autres banalités.

« D'accord. Je peux y aller ?

– Nous informerons votre famille d'accueil.

– Ce n'est pas ma famille !

– Faites preuve de respect pour une fois : ce sont vos référents ! »

Je ne veux plus me laisser humilier par le premier imbécile en cravate venu. Je ne permettrai plus qu'on m'insulte ou qu'on me marginalise. Ce monde adulte qui me prive de ma mère et la prive de la seule personne capable de la chérir ; ce monde adulte qui me donne en pâture aux spéculateurs du placement familial, qui m'embrouille l'esprit avec des pseudo-séances de psychanalyse ; ce monde adulte qui m'oblige à vivre comme si j'étais mort, je ne l'accepte plus.

« Parfait, si vous voulez. Au revoir. »

Dans le climat explosif de ma famille d'accueil, Maurizio et Giusy n'attendent qu'une nouvelle occasion de rédiger un énième rapport négatif pour repousser mon départ. Chaque faux pas de ma part, c'est dix de gagnés pour l'ennemi qui n'a qu'un seul objectif : me maintenir éloigné de ma mère et profiter de mon malheur.

Je quitte le bureau du proviseur, mon cœur bat dans mes tempes, mes vaisseaux dilatés par la colère. Je ne peux pas retourner en cours, je ne supporterais pas les regards obliques des autres, ni les questions visqueuses du prof. Je décide de rester dans le couloir. En attendant la sonnerie, je me repose, la tête contre le mur, mais les paroles de Pappalardo et du proviseur résonnent dans mon cerveau.

Les responsables de la distribution des goûters sortent les premiers ; je croise celui de ma classe. Un fils à papa comme beaucoup d'autres, mais au fond, un gars gentil. Lui qui ne m'a jamais adressé la parole dévie sa trajectoire pour venir me voir.

« Altieri, t'as été énorme. »

Je fais oui de la tête, un sourire nerveux m'échappe, j'apprécie sa solidarité.

Et il n'est pas le seul.

Durant ces vingt minutes d'entretien avec le proviseur, la rumeur a circulé. Le scoop du voyou de Brancaccio qui a cloué le bec d'un prof devant tout le monde a fait vibrer les cœurs. D'autres gars s'approchent pour me témoigner leur reconnaissance.

« Enfin un mec qui en a ! », « Lâche rien, Altieri, on est avec toi ! », « Bien envoyé ! ».

Mes camarades, qui n'ont jamais connu la fièvre de la rébellion, voient en moi un nouvel horizon ; l'indifférence s'est transformée en esprit de corps, en sentiment de communauté.

Pendant les quinze minutes de pause, le proviseur et son équipe vont au café d'en face. C'est une habitude, une sorte de rituel qui sert sans doute à évacuer les tensions accumulées. En général, ils s'absentent bien dix minutes.

C'est maintenant ou jamais. Avant que la secrétaire ne rentre de sa pause et n'appelle Maurizio pour l'informer de mon nouvel écart.

J'attends que le proviseur entre dans le café, j'attends que les portes s'ouvrent et que le lycée se vide un peu.

Je me précipite dans la cour.

Dehors, je sens tous les regards qui me suivent, et pour une fois, ils ne sont pas chargés de reproche.

Je rejoins Paolo. Il me félicite à son tour.

« Tu es venu en scooter ? je lui demande.

– Oui, pourquoi ?

– Tu peux me prêter ton cadenas ? »

Paolo regarde mon visage rouge, ma détermination.

Les amis de Paolo nous entourent, tout excités. Il se penche sur la roue avant de son scooter, ouvre le verrou avec des gestes incertains et enroule la chaîne pour ne pas attirer l'attention.

Moi, au contraire, je la déroule avec ostentation, serre la clé dans mon poing

Je gonfle mes poumons, puis les vide en lançant un appel sans équivoque : « Ceux qui ont des couilles, avec moi ! »

Paolo est le premier à me suivre. Puis viennent ses amis. Puis les amis de ses amis. Et quelques frustrés qui ne tiennent plus. Nous formons un cortège, une bande de héros désespérés. La nouvelle de notre mobilisation circule rapidement, les sceptiques nous observent, les bêcheurs nous jugent, beaucoup de curieux nous rejoignent.

Nous marchons jusqu'à la grille de l'entrée, la tirons et la verrouillons avec le cadenas de Paolo.

Le lycée est occupé.

Ces jours de rébellion comptent parmi les plus exaltants de ma vie.

Être nombreux et soudés nous donne de la force. Unis, nous avons la sensation qu'il ne peut rien nous arriver. Dès le lendemain, plus de la moitié des élèves sont mobilisés : impossible de mettre en colle la moitié de l'établissement, ni d'envoyer un peloton de policiers face à des enfants.

En quelques jours, un nouveau lycée voit le jour, *notre* lycée, avec *nos* programmes.

En salle 1, un guitariste fou, cheveux jusqu'aux fesses, donne des cours sur l'histoire du rock avec écoute guidée de morceaux inconnus. En salle 2, une fille avec des mèches vertes distribue des pinceaux et des feuilles pour que chacun s'essaie à l'aquarelle. En salle 3, un geek joueur d'échecs a apporté un échiquier pour montrer et commenter quelques parties légendaires : Kasparov contre Karpov, Fischer contre Spassky et Capablanca contre Alekhine. En salle 4, un néocommuniste explique en cinq leçons la crise du Moyen-Orient générée par les intérêts capitalistes des pays occidentaux. En salle 5, un capitaliste expose les erreurs du communisme en se concentrant sur le massacre des *foibe*, absent des livres d'histoire. En salle 6, un catholique retrace la vie d'Alcide De Gasperi. Et en salle 7, juste en face des démocrates-chrétiens, un gars de terminale présente en trois séances la philosophie de l'anarchie, textes de Bakounine à l'appui.

C'est peut-être bien la première occupation transidéologique de l'histoire, réunissant sous le même toit des individus de tous bords politiques et de toutes croyances.

Avec une seule motivation : le refus du programme officiel.

Quand la salle 3 se libère vient mon tour. Je propose deux rencontres sur la figure de l'orphelin dans la littérature.

Ce thème ne me fait pas peur, je suis prêt à me dévoiler, sans doute parce que pour la première fois, je perçois chez mes camarades de la curiosité, et non de la pitié.

Je leur parle du pouvoir subversif des *Aventures d'Oliver Twist*, de l'actualité de ce chef-d'œuvre et des pièges d'une société moralisatrice et hypocrite. Puis je poursuis avec *Sans famille* d'Hector Malot. À ma grande surprise, je sens s'éveiller leur attention, leur sensibilité, en particulier les filles, qui relancent la discussion en proposant la lecture d'un autre classique du genre : *La Vie devant soi* de Romain Gary.

Anna nous rejoint le deuxième après-midi, elle se présente comme ma petite amie et je me sens encore plus fier.

Nous entrons dans une salle déserte, laissons les stores à demi baissés pour que filtre une lumière douce. Anna jette son sac à dos par terre, se libère de son écharpe, enlève ses chaussures.

« Viens. »

Elle me prend la main, cherche le point précis où nos os se touchent et se font mal, elle m'entraîne sous le bureau du professeur, l'endroit qui ressemble le plus à notre bateau retourné.

« Allez, vite, embrasse-moi. »

Je suis ensorcelé par ses yeux liquides qui explosent comme un coucher de soleil derrière les nuages.

Anna glisse ses mains derrière ma nuque, cale son nez sous ma pommette, me souffle à l'oreille des paroles vibrantes. Elle veut m'enseigner la musique de l'amour qui est harmonie des respirations, suspension du plaisir.

« Cherche-moi dans ce baiser.

– Comment ça ?

– Imagine que cette langue, c'est moi, et qu'elle disparaît pour toujours. Tu fais quoi ?

– Je rêve de toi.

– Alors rêve avec ta langue. »

Je l'embrasse, j'entremêle mes lèvres aux siennes, parcours le périmètre de sa bouche avide.

« Comme ça ?

– C'est mieux. Maintenant, ferme les yeux. »

Je tourne la tête comme elle m'invite à le faire, je goûte sa salive âpre et brûlante, je rêve en effleurant son palais tendre et impitoyable. Anna griffe mon cou, m'inflige des morsures sauvages, alterne calme et véhémence, douceur et violence, elle sait que la paix ne vaut qu'après la guerre.

« Mon père a acheté les billets pour l'Australie.

– Tu pars ?

– Je pars.

– Combien de temps ?

– Pour toujours.

– Alors pourquoi tu me montres tout ça ?

– Pour que tu en trouves une autre. »

Après trois jours d'occupation, l'ennemi a accepté de négocier. Craignant que l'événement ne prenne trop d'ampleur, que les journalistes n'arrivent, et surtout, que l'opinion publique ne finisse par se rallier à notre cause concernant la cotisation volontaire, le proviseur nous a proposé une solution qui répond à nos attentes tout en sauvant la réputation de l'établissement.

Les mesures adoptées sont à l'image du dicton cher à Mme Vallone : *ménager la chèvre et le chou*. D'un côté, elles sanctionnent les rebelles, de l'autre, elles approuvent les raisons de la rébellion.

Tous les élèves sont exclus pendant dix jours, mais avec obligation de présence : une blague. Les voyages scolaires ont été annulés ; peu m'importe vu que je ne serais jamais parti. Quant à l'affront envers Pappalardo et ma position de leader, le proviseur temporise et Maurizio n'en saura rien jusqu'à la prochaine réunion parents-profs. Ma plus grande punition sera d'être transféré du troisième au premier rang, et de voir mon bureau aux effigies de Jésus, Giordano Bruno et Pagliuca déplacé dans une autre salle, mais la victoire est là : je peux participer au tournoi de foot.

Je serai le gardien de l'équipe du lycée. Et je vais revoir Jonathan.

À la sortie, je fais exprès de rater mon bus.

Je me dirige vers l'ouest, vers le viale Strasburgo.

Je sais où il habite.

Je ne sais pas pourquoi j'y vais, peut-être pour lui dire que je participerai au tournoi, ou qu'il est inutile qu'il essaie de marquer parce que j'arrêterai tous ses tirs.

J'en ai pour vingt minutes à pied, je slalome entre les piétons, compte les platanes de la via della Libertà. Dans son lycée, ils sortent quinze minutes après nous, si je me dépêche, je le croiserai sûrement.

J'arrive, je m'assieds sur une marche devant son immeuble, serre mon sac à dos entre mes jambes et remets un peu d'ordre dans ma tête.

Je voudrais lui demander comment a été notre père avec lui, si lui aussi, petit, n'était qu'à moitié heureux. Mais je ne lui demande rien de tout ça car je ne le croise pas ; en revanche apparaît bientôt la silhouette de la femme avec qui mon père a trahi notre famille.

Valeria.

Elle me demande ce que je fais ici, qui m'a donné cette adresse, qui je cherche. Elle pose ses sacs de courses par terre, m'ordonne de me lever, menace de me tuer si je ne disparais pas de leur vie.

Je ne bouge pas.

Alors elle prend son téléphone, appelle quelqu'un – peut-être la police.

Sans attendre, je me lève et m'en vais.

Quand les services sociaux sont venus nous chercher, maman pesait trente-six kilos. J'entends Giusy le dire à Maurizio, un soir. Aucun tact, aucune pitié, aucune réserve. Indifférents au fait que, de ma chambre privée de porte, je peux tout entendre.

« Que dit la clinique ? Espérons qu'ils la gardent au moins un an. »

Cette nuit-là, j'ai encore du mal à m'endormir, je réveille Mimma, lui demande si elle a envie de parler.

« De quoi ?

– De ma mère. »

J'ai besoin de me confier, dans l'espoir que les mots, sortis de ma tête, soient plus ordonnés et plus faciles à déchiffrer. Mimma écoute en acquiesçant de temps en temps ; elle s'intéresse aux détails, aux dialogues rapportés, aux descriptions, comme si je lui racontais une histoire. Je lui parle de mon grand-père Rosario, de l'enfance de ma mère, de sa rencontre avec mon père au marché, de sa passion pour la couture et les tissus. Mimma est très jeune, alors je n'évoque que les choses belles : pour parler des choses laides, il faut être grand, sinon, elles éteignent nos rêves.

« Ta maman est malade ?

– Oui.

– Elle est folle ?

– Non.

– Qu'est-ce qu'elle a ?

– Elle mange plus.

– Elle a pas faim ?

– Elle est pas heureuse.

– Alors elle est folle.

– Pourquoi ?

– Parce que si tu n'es pas heureux dans la vie, soit tu es fou, soit tu as été abandonné. »

Mimma est désolée pour moi, elle prend une grande bouffée d'air, puis la retient, comme pour ne pas embrouiller son esprit en quête de solutions.

« J'ai une idée.

– Dis.

– Le numéro de l'infirmière.

– Je l'ai pas.

– Toi non, mais Giusy oui : elle l'a appelée l'autre fois. Faut qu'on lui pique son téléphone. »

Ce n'est pas une idée, c'est une folie. Il faut d'abord subtiliser le portable de Giusy qu'elle garde toujours jalousement sur elle, puis le débloquer, trouver le numéro de l'infirmière qui soigne ma mère et dont nous ne connaissons pas le nom, et enfin remettre le téléphone à sa place. Mission impossible.

Nous nous souhaitons bonne nuit. Mimma regrette que je n'accepte pas son plan.

Évidemment, je dors très mal à cause des paroles de Giusy et Maurizio, à cause des trente-six kilos de ma mère.

Un peu avant trois heures, je sens mon matelas se creuser, les ressorts se comprimer, puis se relâcher. Ce n'est pas un rêve, c'est le pied de Mimma qui descend de son lit. Du coin de l'œil, je suis l'ombre de ses mouvements : elle enfile ses chaussettes, tresse ses cheveux et se glisse furtivement dans le couloir.

Je sais ce qu'elle fait, je n'ai pas besoin de sous-titres.

Je me lève pour la suivre, contrarié par son entêtement et, en même temps, plein d'espoir devant cette tentative audacieuse.

Quand elle me voit, Mimma sourit fièrement : elle met son doigt devant sa bouche, nous devons évoluer en silence tels des oiseaux de nuit. Elle me fait comprendre que je dois rester à l'entrée de la chambre de Giusy et Maurizio pour faire le guet. Puis elle se colle contre le mur, comme ces poissons plats sur le sable, et attend l'acmé du ronflement de Maurizio pour pousser la porte entrebâillée. Je l'observe tandis qu'elle avance dans le noir, s'approche de la table de chevet de Giusy et saisit son téléphone avec une précaution et une délicatesse froides.

Mes jambes tremblent, le sang dans mes veines accélère. J'ai l'impression que Mimma met une éternité à sortir de la pièce ; je perçois soudain cette opération comme un enjeu de survie. Mimma s'accroupit devant l'armoire, rampe pour ne projeter aucune ombre, respire sans émettre aucun son. La lumière des lampadaires au-dehors est filtrée par le volet roulant, au loin résonne le rugissement d'une moto, un vent léger caresse les rideaux. Mimma gagne de précieux centimètres en suivant le même parcours qu'à l'aller, elle savoure en pinçant les lèvres la victoire imminente mais, à cet instant, toute proche de la ligne d'arrivée, sa cheville heurte le pied du lit.

Giusy sursaute dans son sommeil, se frotte les yeux et secoue Maurizio qui met ses lunettes. Elle se redresse pour allumer sa lampe et surprend Mimma en flagrant délit. Maurizio se lève le premier, mais il n'a pas la vélocité de Giusy qui, une fois sortie des couvertures, attrape Mimma par les cheveux et lui arrache le téléphone sans lâcher sa tresse.

La tension que j'ai accumulée se transforme en rage incontrôlable amplifiée par les sanglots de Mimma qui demande pardon. Giusy – loin de s'apitoyer et tirant toujours sa natte – ajoute au châtiment corporel l'humiliation en lui murmurant à l'oreille qu'elle n'est qu'une petite traînée nymphomane et que sa vie est foutue.

Je laboure mon visage avec mes ongles, noué de frustration, puis je donne un coup de poing contre la porte et décroche un cadre du mur pour l'utiliser comme une arme. J'entre dans la chambre et fixe Giusy un court instant.

Avec les yeux, je lui dis que je la méprise. Avec les mots, je lui dis une obscénité qui me soulage.

« Lâche-la, *buttana* ! »

De nous trois, Cosimo est le plus chanceux.

Certes, il est en famille d'accueil depuis plus longtemps que Mimma et moi, mais les retrouvailles avec ses vrais parents sont une échéance sûre et proche ; ces derniers, cambrioleurs amateurs, purgeant une peine mineure.

Il est un peu bossu. L'histoire de ses parents et de son placement a dû le faire souffrir au point que ses épaules se sont voûtées, qu'il s'est davantage replié sur son sternum et enfin sur lui-même. Il a honte, je ne sais pas de quoi, ou de qui. Depuis mon arrivée, sa honte a même empiré. Il nous regarde rarement en parlant, ne prononce pas une phrase sans baisser vertigineusement le ton à la fin, comme si tout ce qu'il disait était stupide. Il brandit le bouclier de l'anonymat pour fuir le combat de l'adolescence.

Mimma et moi faisons notre possible pour l'aider. Nous lui témoignons notre affection en déclinant son prénom de toutes les manières possibles. En riant : Cosimi'. Quand il est triste : Cosimino (cette variante est réservée à Mimma). Quand nous voulons lui donner de l'assurance : Cosmo. Avant de nous endormir : Mino. Et plus généralement : Co'.

« Cosmo, laisse tomber, c'est des cons.

– De toute manière, je m'en fous. »

Faux : chaque fois qu'il se sent exclu, il s'effondre, incapable de comprendre la méchanceté gratuite. Et ce jour-là encore, il est effondré : ses camarades de classe sont allés au cinéma, sans l'inviter.

« Cosimino, t'as pas besoin d'eux », ajoute Mimma.

Il secoue la tête pour dire qu'il veut tirer un trait sur cette histoire. Son visage est blanc de désespoir.

« Cosmo, on est exclus parce qu'on leur fait peur. *Capisci* ?

– Peur ?

– Oui *signor* ! On est des chiens errants, des bâtards, on dévore tout ce qui traîne : les rêves comme les ordures. Et ça fait peur aux gens. »

Cosimo sourit en soufflant par le nez.

Il sait que j'ai raison.

Selon moi, padre Giovanni est un vrai chrétien.

Il n'aime pas les grands mots, pendant la messe il n'embobine pas les petites vieilles avec des discours compliqués. C'est une personne fiable, au-delà de tout credo.

Je le connais grâce à l'association qu'il a créée : un réseau de familles qui, un dimanche par mois, accueillent sous leur toit des jeunes en difficulté. J'ai la chance d'y participer.

Ma famille du dimanche ressemble à celle des publicités Ricoré. Le père dirige un club de tennis et la mère s'occupe de la maison. La famille Santoro – même leur nom me plaît.

Ils viennent me chercher le matin à dix heures trente : nous allons d'abord au café, puis à la messe de padre Giovanni, et enfin, chez eux, pour déjeuner.

Je ne sais pas si je suis croyant. L'histoire de la création du monde en sept jours et les concepts obscurs comme les sacrements ou la Trinité ne me fascinent pas vraiment. Je préfère les choses simples, Jésus par exemple.

Jésus est un héros à mes yeux. Il n'a jamais trahi personne et il a été le premier dans l'histoire de l'humanité à défendre cette idée révolutionnaire : venir en aide aux plus malheureux que soi.

Rien de plus beau n'a jamais été prôné. Malheureusement, nous avons noyé la spiritualité dans des dogmes, jusqu'à perdre de vue la composante la plus simple et la plus importante : la solidarité.

Je ne suis pas un vrai chrétien. Je suis comme Giordano Bruno : un chrétien à ma façon, un chrétien anarchiste.

Et padre Giovanni, si différent des autres prêtres, appartient à la même espèce que moi.

Ce dimanche-là, à la messe, il lit deux versets de la Bible, juste pour jouer le jeu, puis il la referme et se met à parler en dialecte, comme s'il était au café.

Il aborde le concept de « désobéissance », une parole trompeuse, associée à la délinquance. Mais comment se comporter – tonnait padre Giovanni – face à une loi injuste : lui obéir en désobéissant à Dieu, ou lui désobéir en obéissant à Dieu ? Joseph le charpentier, époux de Marie et père de Jésus, par exemple, a désobéi aux lois d'Hérode, qui avait ordonné un massacre d'enfants, en s'enfuyant en Égypte pour sauver Jésus ; de même, pendant la Seconde Guerre mondiale, des chrétiens moins connus que Joseph ont désobéi à la loi en cachant des Juifs innocents.

Padre Giovanni entend simplement qu'au nom de l'amour, on peut désobéir.

Je comprends alors que je suis un désobéissant.

Nous déjeunons à treize heures précises, je prie avec les Santoro pour les plats que nous nous apprêtons à déguster ; je n'ai pas l'habitude de prier avant de manger, mais je me plie à ce rituel, car je sais que rien n'est jamais acquis, pas même un repas.

À table, il y a une règle tacite : ne pas parler de mon passé et des raisons pour lesquelles j'ai été placé en famille d'accueil. Cette précaution me semble excessive : il ne suffit pas d'ignorer les problèmes pour moins y penser. Au contraire, si vraiment ils voulaient m'aider, ils devraient me faire vomir toutes les saletés que je porte en moi.

En tout cas, ils forment une belle famille, de celles qui s'habillent bien le dimanche et qui, après le déjeuner, continuent à discuter dans la senteur des mandarines épluchées.

Et puis, ils sont contents de me voir. J'anime leurs repas en parlant du lycée et du foot, j'écoute avec plaisir leurs conseils avisés, y compris les réprimandes qui affleurent dans certains discours.

« Que veux-tu faire plus tard, Rosario ?

– Instituteur.

– Instituteur ?

– Oui.

– Et pourquoi ?

– Parce que je l'ai promis à ma mère. »

Mimma se fait maltraiter au collège. Deux débiles l'ont prise en photo à son insu dans une pose disgracieuse, puis ont partagé les images.

Elle se confie à nous un soir avant de dormir. Pas pour nous demander de l'aider, juste pour se libérer.

« Demain, je prends le bus avec toi et je t'accompagne », lui dis-je pour qu'elle dorme tranquille.

Et ce n'est pas une fausse promesse : le jour suivant, je l'escorte.

Nous attendons les deux idiots à l'entrée du collège, moi en mode tueur à gages. Quand Mimma me les montre de loin, je vais à leur rencontre pour leur faire peur. Ils ont douze ans, je ne leur touche pas un cheveu.

« Eh, les mauviettes, vous savez qui j'suis ? »

Un des gars regarde l'autre pour se rassurer.

« T'es qui ?

– Le frère de Mimma. »

Ils blêmissent. Un des deux bafouille de vagues excuses, mais je ne le laisse pas finir.

« Si vous faites pas disparaître ces photos immédiatement, je vous explose le crâne. »

L'autre – un mètre dix – essaie de jouer les durs.

« Rien à foutre !

– Tu sais d'où je viens ? Brancaccio. »

C'est suffisant. Ils détalent comme des lapins terrorisés. En moins de deux heures, les photos ont disparu.

Je retrouve Mimma au déjeuner.

Après cet épisode, je deviens son héros, je le devine à sa façon de me regarder. Elle ne dit pas un mot de tout l'après-midi, à la fois fière et gênée par mon intervention. Comme si elle voulait me remercier, mais sans savoir quand, comment ; et je n'ose pas non plus lui dire de ne pas s'inquiéter.

Pendant que Cosimo se douche, je l'entends bouger dans son lit, puis la vois descendre sur le mien.

Elle s'allonge à côté de moi, nos visages se touchent presque. Je sens sa chaleur, devine ses lèvres d'enfant sous le rouge à lèvres. Elle pose une jambe sur l'une des miennes, fait glisser sa main le long de mon ventre, déboutonne mon jean et cherche mon caleçon.

Je saisis son poignet et l'arrête.

« Non.

– Non ?

– Tu dois pas faire ça pour dire merci.

– Pour quoi alors ?

– Pour dire je t'aime. »

Brancaccio fait la une des informations régionales. Depuis deux jours à la télé, le même reportage tourne en boucle, le énième scoop sur la dégradation des banlieues.

Une femme a été renversée par une voiture en pleine nuit via Corleone. Le chauffard a pris la fuite, la victime est handicapée à vie.

Cosimo boit son verre d'eau d'un trait : « Mince, c'est chaud. Dans mon quartier, il se passe pas des trucs comme ça. »

Mimma lui fait écho : « Dans le mien non plus : si t'écrases quelqu'un et que tu t'enfuis, tout le monde te court après pour te tuer. »

Chaque fois que j'entends des choses tristes sur les rues où j'ai grandi, je m'assombris.

Je change de chaîne, en quête de précisions. J'obtiens des détails sur la vie de la victime : au chômage, en procédure d'expulsion, en attente d'une HLM depuis plusieurs années. Une désespérée, en clair, comme il y en a tant à Brancaccio.

Personne ne s'intéresse vraiment au théâtre du drame, la via Corleone, l'une des rues les plus insalubres du quartier, où personne n'ose s'aventurer la nuit, encore moins une femme. Ni au fait que cet accident soit survenu là où, quelques semaines plus tôt, on a découvert le clochard mort. Le reportage continue sur les images des immeubles abandonnés qui bordent la via Corleone, insistant copieusement sur leur délabrement, quand Giusy sort de sa cuisine pour me crier que le son est trop fort, m'arracher la télécommande des mains et éteindre la télé.

Je lui demande gentiment de la rallumer, lui dis que ce reportage m'intéresse parce qu'il parle de mon quartier, de mon histoire.

« J'en ai rien à faire de ton quartier de criminels.

– C'est pas un quartier de criminels.

– Bien sûr, Rosario, on va te croire. »

Je la frapperais rien que pour la perfidie de son ricanement, si seulement elle n'avait pas le pouvoir de retarder mes retrouvailles avec ma mère.

« Tu me dégoûtes, Giusy. »

Elle me répond avec le sourire satisfait de celle qui a atteint son objectif. En l'occurrence, me faire sortir de mes gonds pour contre-attaquer au nom de la légitime défense.

Et sa contre-offensive ne se fait pas attendre.

Elle s'assied dans le salon – où d'habitude elle ne s'attarde pas, afin d'éviter de passer trop de temps avec Mimma, Cosimo et moi –, ouvre une boîte et commence à regarder les clichés d'une excursion récente avec Maurizio et Antonio, mais ses gestes bien trop affectés souhaitent avant tout attirer notre attention, mon attention. Sur un album vide, posé là.

Mon cœur bondit dans ma poitrine, un frisson parcourt mon corps – de joie d'abord, à l'idée de revoir et de récupérer ces images, puis de déception en constatant que l'album est vide, que les photos ont disparu.

« C'est mon album : où sont mes photos ?

– Houla, je ne sais plus. La femme de ménage a dû les jeter.

– Rends-moi ces photos.

– Je ne sais pas où elles sont, trésor. Vraiment.

– Rends-moi mes photos, je te dis !

– Du calme !

– Tu vas me les rendre, oui ? ! »

Je saisis le tee-shirt de Giusy et le serre de toutes mes forces. Cosimo et Mimma tentent de m'arrêter, juste pour faire illusion. En réalité, ils sont avec moi.

« Vipère !

– Lâche-moi, espèce de dingue ! »

L'empoignade ne dure que quelques secondes, mais le temps semble ralentir sa course, s'arrêter presque, pour me donner la possibilité de fusiller cette femme de mes yeux rageurs et désespérés.

« Vipère ! Dieu te fera payer tout ça ! »

À cet instant, Maurizio surgit, m'attrape par les cheveux et me projette à terre et transforme la menace des semaines précédentes en déclaration péremptoire, en promesse définitive.

« Très bien, tu l'auras voulu : ta mère, tu ne la reverras plus. »

Je me réfugie dans ma chambre, la gorge et la poitrine secouées de sanglots. Je m'allonge sur mon lit avec mes chaussures que je frotte contre le mur pour marquer ma protestation. J'enfonce mes ongles dans le matelas, comme un détenu qui gratte les parois de sa cellule. Mimma partage mon malheur, elle se met à pleurer, me dit d'ignorer cette conne de Giusy. Mais je ne peux pas, je ne suis plus capable de supporter ces affronts. Je me tourne et me retourne, respire face au mur, serre les poings. Je pense à *Mes prisons*, le roman de Silvio Pellico que nous avons étudié en classe, à cette inquiétude de ne pas disposer des libertés les plus élémentaires, usurpées par un ennemi dénué d'humanité. Je pense à mes héros : aux parades prodigieuses de Pagliuca, à la désobéissance de Giordano Bruno, à la recommandation de Jésus : « Aime ton prochain comme toi-même. » Aime ton prochain, la clé du monde. Ici, il n'y a aucun amour, tout n'est que mépris et humiliation. Et la seule conclusion à en tirer, c'est que je dois m'en aller. Je me blottis en position fœtale, comme si je n'étais pas encore né, comme si je ne savais pas encore quel genre d'endroit était le monde. Je cherche sous mon matelas ce que je cache depuis des mois en vue de ce moment tant attendu : mon briquet, mon carnet de poèmes, du chocolat, les indications pour rejoindre la clinique de ma mère et, surtout, mon argent. Je sépare les billets et les pièces, les compte, puis les glisse dans ma poche. Je sors les manuels de mon sac à dos pour y mettre un pull, des vêtements, un duvet trouvé dans l'armoire et *Oliver Twist*.

Je me recouche pour faire le point.

« Cosmo.

– Ouais.

– Fais-moi une promesse.

– Laquelle ?

– Soit comme un frère pour Mimma.

– Pourquoi ?

– Parce que je vais partir. »

Mimma descend sur mon lit, me prend dans ses bras en me disant qu'elle savait que tôt ou tard, je fuirais cet enfer.

« J'oublierai jamais.

– Quoi ?

– Quand t'es venu au collège et que t'as dit à ces deux cons que j'étais ta sœur. »

Couché sur le dos, j'explique à Mimma et Cosimo comment mettre Maurizio et Giusy sur la mauvaise piste, je regarde une dernière fois cette pièce sans porte, les barreaux en fer à la fenêtre, et chéris le mystère de la fraternité qui naît dans le malheur. Quand le silence engloutit tous les bruits, je me lève sur la pointe des pieds, me glisse le long du couloir en ravalant ma salive pour contrôler mes émotions. Je tâte les murs pour m'orienter, j'attends cinq secondes entre chaque pas, je fouille dans le tiroir qui contient les doubles des clés. Je trouve celle de la porte blindée, protégée par un étui avec une étiquette. Je l'introduis dans la serrure, tourne lentement pour atténuer l'écho. Dans l'escalier, l'air est glacé, il caresse mon nez tordu, assèche mes yeux et ma bouche. Je rabats la capuche de mon sweat, bloque ma respiration dans ma gorge et franchis cette ligne comme si c'était le Styx.

Sur l'autre rive, cependant, il y a la vie.

La mienne.

Anna arrive.

Je le sens aux vibrations dans le sable, à son odeur dans le vent.

Ses pas s'enfoncent dans un tapis granuleux, soulèvent des poussières d'étoiles.

La nuit passée sous le bateau m'a étourdi. La mer dans le noir démolit et répare, mue par le vent et le ressac.

J'ignore qui lui a dit que je me suis enfui.

Anna le sait, c'est tout.

Elle creuse avec ses ongles, élargit le tunnel. Pour me rejoindre, elle se recroqueville comme le ver qui meurt et devient papillon.

Elle est là, avec moi.

« Tu es fou. »

J'ouvre le sac de couchage, lui fais signe d'approcher. Je n'ai pas envie de parler, l'étreinte est le seul langage possible, nos jambes enlacées qui échangent leur chaleur se voilent de sueur.

Anna caresse mes cheveux, promène ses doigts de soie sur mon visage, me susurre une chanson. Avec sa tête, elle accompagne les notes, le rythme de notre suspension, m'hypnotise comme le ferait la mort, mais cette mort-ci est belle, ses poignards sont des plumes.

« C'est la dernière fois. »

Je fais semblant de dormir, mon souffle épuisé dans son cou, mon souffle résigné.

« Je pars mercredi.

– Après je ne te verrai plus ?

– Tu ne me verras plus. »

Dehors, le vent rugit pour moi, l'eau fouette les rochers comme on fouette les innocents.

« J'en ai assez.

– De quoi ?

– De perdre les personnes que j'aime. »

Anna n'insiste pas, ne se défile pas avec quelque formule rhétorique : elle connaît bien le poids de l'abandon, l'érosion de la séparation. Elle répond avec son corps, la seule langue qui ne sache pas mentir.

Elle se libère du duvet, se lève lentement telle la lune au crépuscule, remonte son pull.

« Ils te plaisent ? »

Je me redresse pour embrasser ses seins, j'y frotte mon nez pour sentir l'odeur de ma naissance. Elle saisit mes cheveux et m'emprisonne, dicte à ma tête un mouvement de douleur et de plaisir. Puis elle me dit stop, éloigne ma bouche de sa peau, essuie ses seins avec ses paumes.

Nos vêtements retirés forment un matelas, ils sont pleins de sable ; les plis craignent nos corps moites qui les effacent.

Nue, Anna est blanche comme l'innocence, blanche comme la nuit qui pardonne.

Je m'agenouille devant son corps étendu, majestueux. Mes lèvres parcourent les lignes de ses jambes agiles, dociles comme des ailes engourdies sous les bombes.

« Viens, et on ne pourra plus jamais se perdre.
– Que veux-tu dire, Anna ? Je ne comprends pas.
– Qu'on n'oubliera jamais. »

Ses mains m'encouragent, me donnent l'élan de l'amour : elles glissent derrière mon cou, griffent mon dos, m'accompagnent.

Là, dans sa mer placide, Anna dévore mon âme.

Je me suis enfui depuis presque trente-six heures. Maurizio et Giusy ont déjà dû alerter la police, les services sociaux ont certainement rédigé leur énième rapport accablant, et le proviseur du lycée a sans doute convoqué un conseil de discipline, mais la nouveauté, c'est que je m'en fiche : j'ai touché le fond, il n'existe pas de pire condition que cette famille-prison.

Grâce au soutien de Cosimo et Mimma, je suis libre de vagabonder quelque temps. Mon plan, cependant, se limite à mon évasion, l'étape la plus difficile ; je n'ai absolument pas réfléchi à la suite, à comment vivre dans l'illégalité ; j'ai de quoi tenir une semaine, puis ce sera la débrouille.

Après deux nuits sous le bateau à braver l'humidité, il est temps de trouver un autre endroit où me cacher. Et je me suis enfui pour retrouver ma mère, donc pas question de rester les bras croisés. L'adresse de la clinique en poche, je dois m'y rendre sans attirer l'attention et ressortir avec elle.

J'attends l'heure du déjeuner pour me fondre parmi les écoliers qui rentrent chez eux ; avec mon sac sur le dos, personne ne reconnaîtrait en moi un fugitif.

Je mange un carré de chocolat trempé dans l'eau de mer, délicieux mélange sucré-salé. Le soleil caresse ma paupière malade. Derrière moi, les immeubles de Brancaccio défient l'horizon, les rails crient au passage des trains, les tas d'ordures sèment de mille couleurs l'asphalte noir. Devant l'étendue infinie de la mer Tyrrhénienne, j'ai l'étrange impression qu'elle contient une partie de moi, la plus sensible, la plus émotive, tel un miroir. Les vagues semblent pondérer le calme et l'ardeur, la violence et la douceur de mes états d'âme. Je regarde la mer, et je me vois. Je regarde la mer, et je comprends que c'est la maison de mon âme : quand je veux lui parler, c'est là que je dois aller.

Je mets ma capuche et serre le cordon.

C'est l'heure.

Le « jeune en difficulté » va récupérer ce qu'on lui a injustement enlevé.

J'écarte mes cheveux de mon front, marche comme un chien errant. À me voir ainsi cagoulé, les gens se demandent si je suis un bandit, un fou, un maniaque, un casseur, un terroriste, un meurtrier. En réalité, je suis juste pressé de retrouver ma mère.

Je passe devant la paroisse et son jardin où se dresse la croix portant Jésus qui a du sang sur les mains. À cette heure-ci, padre Giovanni doit donner à manger aux pauvres, et je ne veux pas le déranger. Je repense à son discours sur la désobéissance : aux lois iniques, nous devons opposer une résistance civile.

Sur les trottoirs, je croise les vendeurs de fruits et légumes, de poissons, les balayeurs, les mendiants dans leurs couvertures. Soudain, j'entends un crissement de pneus, l'écho lointain d'une sirène qui ricoche et s'amplifie sur les façades des immeubles et les toits en tôle.

Je cours pour fuir le véhicule de police, je couvre les cris de la sirène de mon souffle qui ne veut pas se rendre. Mon sac trop lourd rebondit contre mon dos, échauffe ma peau au niveau des omoplates, tire sur mes épaules. La sueur imprègne mes vêtements, colle mes cheveux sur mon front, pleure sur mes pieds affolés.

Je suis presque arrivé.

Le quartier d'Arenella s'étend en pente au pied du mont Pellegrino. Devant il y a la mer, derrière la montagne et au milieu, du béton et des voitures.

Je vérifie le numéro de la rue, traverse trois carrefours dangereux, prépare mentalement mon discours pour déjouer les contrôles. À quelques centaines de mètres de la clinique, j'arrange un peu mes cheveux, nettoie mes yeux avec de la salive, filtre de l'air à travers mes dents pour rafraîchir mon haleine.

J'y suis, le bâtiment est facilement reconnaissable.

L'enseigne est sobre, il y a peu d'étages, le portail semble ouvert. Une camionnette blanche est garée devant : elle me cache une partie de la rue.

Je franchis les grilles, m'apprête à monter l'escalier, mais le bras d'un homme harponne mon poignet. J'ignore qui il est et ce qu'il me veut. Je lui donne des coups de pied pour me libérer, j'abandonne mon sac à dos pour être plus rapide et me défendre, alors un deuxième homme sort de la camionnette blanche et enserre ma gorge comme un étau.

« Police. Suivez-nous. »

À Palerme, on écoute surtout de la musique napolitaine.

Personne ne sait pourquoi, c'est comme ça.

Dans la rue, les vendeurs de CD contrefaits ne proposent pas d'artistes palermitains, ils n'ont que des chanteurs napolitains en réserve. Et il ne s'agit pas des chanteurs d'autrefois, comme Roberto Murolo, Pino Daniele ou Gennaro Pasquariello : non, ceux-là sont réservés aux vieux et aux riches qui habitent le centre historique.

Les gens du peuple écoutent autre chose : la musique néomélodique, des chansons de mafieux, qui parlent d'arrestations, de traîtres repentis, d'amours parjures, d'enfants prénommés Gennaro, Ciro, Nunziatella, Assuntina, Concettina ; des enfants légitimes ou illégitimes, des enfants chéris, *piezz' 'e core*, des enfants qui haïssent leurs parents.

Cet univers concentre un tas de bizarreries et d'aberrations : des voix truquées, des paroles bancales, des stars palermitaines qui composent en napolitain sans jamais être allées à Naples, mais surtout, des gamins prodiges, ou du moins considérés comme tels, qui remplissent des salles d'adultes fanatiques.

Le tube du moment raconte l'histoire d'un homme qui trompe sa femme avec une jolie blonde et qui l'accuse d'être responsable de cet adultère : avec ses pseudo-migraines et son manque d'attention, elle l'a condamné au péché charnel. Et le plus incroyable, c'est que c'est la chanson préférée des femmes.

Autre phénomène lié à la musique néomélodique, les vieilles voitures défoncées équipées de systèmes stéréo stratosphériques. On en voit souvent en banlieue, parfois aussi dans le centre. Et quand deux ou plusieurs se croisent, c'est à celle qui aura les enceintes les plus puissantes, à faire voler les vitres en éclats.

Il n'est pas rare qu'en plein milieu de la circulation, les basses d'amplis invisibles poussés à plein volume fassent soudain trembler nos intestins, suivies de près par les médiums, les aigus, les hoquets et les stridulations, jusqu'à ce que se matérialise un de ces engins du diable avec, au volant, un Palermitain qui se trémousse sur la chanson de l'homme à la maîtresse blonde.

Ma mère n'aime pas cette musique, elle la trouve barbare, lourde, vulgaire, mais dernièrement, elle écoutait en boucle un de ses principaux représentants : Gigi d'Alessio. Lui, elle le trouve sincère et elle apprécie qu'avant de devenir célèbre, il ait chanté dans les mariages, son « grand rêve romantique ».

Un jour, je suis allé au marché, j'ai cherché le vendeur de CD contrefaits, négocié le prix d'un album des plus grands succès de Gigi d'Alessio. Dans l'escalier, j'ai croisé Mme Marchese, notre voisine, qui m'a demandé comment j'allais. Je suis entré à pas de loup en effleurant à peine la porte, j'ai rejoint le salon où il y avait la minichaîne, inséré le disque, appuyé sur PLAY. Les notes de *Non dirgli mai* ont réchauffé l'appartement comme le pain sortant du four, montant en intensité pour exploser en feu d'artifice dans le refrain.

Je me suis assis sur son lit, j'ai froissé le papier du croissant que je venais d'acheter et murmuré : « M'man, réveille-toi, c'est dimanche. »

Le juge pour mineurs nous a graciés.

Après ma fugue et mon arrestation, lassé de mes frasques, il a voulu me rencontrer personnellement pour comprendre mes intentions. Notre échange a été bref, et j'en garde un souvenir flou tant j'étais nerveux ; en tout cas, j'ai dû lui faire bonne impression car, malgré les rapports des services sociaux, il nous a donné une nouvelle chance, à ma mère et moi : nous pouvions essayer de revivre ensemble quelque temps. Mais si elle rechutait, ou si je faisais un nouvel écart, on me renverrait en famille d'accueil. Nous étions donc sous étroite surveillance.

Je pense à tout ça en resserrant les boulons de Tronçonneuse : à l'absurde machine de la justice, rigide, injuste, inflexible, et au hasardeux facteur humain.

Il y a de la poussière accumulée entre les rayons, une toile d'araignée sous la selle, le dérailleur est encrassé : je nettoie mon vélo avec un chiffon humide et l'enfourche.

Je parcours les rues que je n'ai pas vues depuis des mois ; je les trouve très belles : corso dei Mille où est passé Garibaldi, via Cirincione où on détrousse les petites vieilles, même la via Corleone, théâtre de drames récents, me semble avoir son charme.

Je change de vitesse pour adopter un rythme de croisière, glisse deux doigts dans ma bouche et siffle.

« Jonathan ! »

Rien.

Je change de rue, j'inspecte le parking des poids lourds, je ratisse un terrain vague. Je tape dans mes mains en faisant des bruits avec ma bouche, laisse des morceaux de pain dur aux endroits où il passe d'habitude.

S'il arrive avant les rats, au moins, il ne mourra pas de faim.

Je me rends au stade du Virtus Brancaccio et demande au coach si je peux revenir m'entraîner. Fouler ce terrain avec mes crampons me procure une émotion nouvelle : le froid dans mes os est vivifiant ; l'effort physique est le parfait exutoire de ma souffrance morale ; le vent tyrrhénien fait resurgir un monde lointain qui m'appartient.

Durant mon absence ont eu lieu pas mal de changements, et surtout deux événements majeurs.

D'anciens titulaires ont été remplacés par de jeunes joueurs talentueux, grâce auxquels nous sommes remontés au milieu du classement. Mais la structure de l'équipe reste la même, avec Totò au poste de capitaine régnant sur le terrain comme dans les vestiaires.

Et le dopage a repris ses quartiers. Les poches remplies d'EPO et d'anabolisants, Totò fournit toute l'équipe avec la complicité du coach. Je le comprends à l'étrange trafic de gourdes qui précède les entraînements. Résultat : je joue avec une horde de chevaux infatigables.

La reprise est difficile. J'ai perdu le rythme et ma tonicité abdominale, essentielle pour amortir les plongeons. Mes coéquipiers fougueux tirent des missiles impossibles à arrêter.

Ma pire crainte, toutefois, n'est pas la séance d'entraînement, mais le vestiaire : là, pas de coach, le capitaine fait sa loi. Un capitaine qui me déteste.

J'entre dans le vestiaire et enlève mes gants.

Assis sur le banc en bois pourri, je reprends mon souffle. À côté de moi, deux nouveaux joueurs épongent leur sueur. Je défais mes protège-tibias et roule mes chaussettes. J'ai une crampe au mollet.

Totò arrive avec son escorte ; ils parlent de filles. Dès qu'il entre, mes deux voisins changent de banc. La porte se referme, la vapeur des douches brouille l'air.

« T'es un gardien de merde. »

Totò s'adresse à moi. Je ne reconnais pas sa voix, mais je le devine au silence des autres.

« Je vais m'entraîner et progresser.

– Non, *vattinni*, tu dégages ! »

À son ton, je comprends rapidement ses intentions, mais je ne me laisse pas marcher sur les pieds : je me lève. Si je veux sauver mon image, je ne peux pas jouer le rôle du gentil, mais une autre menace place au-dessus de ma tête.

« Sinon quoi ? »

Totò s'approche, colle son front contre le mien, me pousse avec son cou de taureau.

« J'ai pas peur de toi », lui dis-je.

Il me donne un coup de tête. Je ne sens rien.

« Dégage !

– J'ai pas peur de toi.

– Dégage ou je t'éclate. »

J'attrape mon sac, y glisse mes crampons, mon maillot, et je m'en vais.

Je dois abdiquer. Je ne peux pas me montrer aux services sociaux couvert de bleus, le juge pour mineurs m'a dans son collimateur.

Les services sociaux nous rendent visite régulièrement et sont toujours en lien avec mon lycée.

Maman est terrorisée par ce contrôle permanent : elle va mieux, mais vit dans la crainte que sa maladie l'anéantisse à nouveau, et nous sépare. Elle a également peur de la misère, ça la terrorise, comme si ce n'était pas une condition normale à Brancaccio. Elle est convaincue que si les services sociaux nous voient à nouveau en proie aux difficultés, ils seront sans pitié.

Ainsi, depuis notre retour à la maison, elle fait tout pour donner une impression de prospérité. Le frigo est rempli de victuailles que nous ne devons surtout pas toucher. Dans l'entrée, elle a mis une boîte de chocolats, à ne consommer sous aucun prétexte ; enfin, pas question de rester en tenue d'intérieur. Si nous sommes bien habillés, dit-elle, ils ne pourront pas nous séparer.

Je renonce à lui expliquer qu'on ne peut pas nous séparer à cause de l'argent, que ce n'est pas prévu par la loi ; d'une certaine manière, cette inquiétude la maintient en vie, lui donne une raison de se battre.

Sa passion pour la couture et le tricot l'aide aussi, surtout lorsqu'elle dédie cette activité aux autres, comme les cordons-bleus qui ne cuisinent pas pour eux. Je lui ai demandé de me tricoter deux nouveaux pulls torsadés pour l'hiver. Elle a accepté, bien sûr. Dommage que ce ne soit pas un vrai travail, et qu'elle n'ait pas la satisfaction d'être payée en récompense de ses efforts.

Avec l'excuse d'un livre à acheter pour le lycée, je sors.

Je prends le 224 qui m'emmène à la gare, puis le 101 pour rejoindre le centre.

Le bus hoquette dans les bouchons ; j'observe les toits des voitures, leurs antennes tordues.

Je descends via della Libertà, tourne dans la rue perpendiculaire où se trouve l'*Atelier Vent d'océan*, l'élégante boutique de Caterina, une vieille amie de ma mère.

Mon Dieu que tu as grandi ! Tu es un homme maintenant ! Ça fait longtemps ! Comment va ta maman ? Elle va bien, ne vous inquiétez pas, Caterina. Et ton père ? Lui aussi, il va bien, tout le monde va bien...

« Tu ne pourrais pas embaucher ma mère ?

– On est au complet. Elle a eu sa chance.

– Même pour faire le ménage, deux heures par jour ? »

Quand je rentre à la maison, maman écoute Gigi D'Alessio à plein volume ; dehors, il commence à faire sombre.

J'appuie sur STOP, elle me regarde fixement. C'est sa façon de protester.

« J'ai croisé Caterina par hasard, elle m'a demandé si tu ne voudrais pas travailler avec elle. »

Il m'a suffi de revenir à Brancaccio quelques semaines pour être au parfum des derniers événements.

Le fisc a contrôlé l'unique café du corso dei Mille qui édite des tickets de caisse ; des voyous ont tenté d'occuper notre appartement, mais ils se sont frottés à Mme Marchese armée de son balai et de ses cris assourdissants ; à largo Buozzi, les combats de chiens ont désormais lieu le mardi ; et enfin, deux familles se sont affrontées à coups de bâton pour une histoire d'outils volés.

Pour obtenir des informations sur les affaires plus délicates, comme la macabre découverte de la via Corleone, il m'a fallu quelques mois, car les gens ont peur d'en parler.

Mme Marchese a fini par lâcher le morceau, contre une promesse de prudence et de discrétion absolue.

Les raisons de ces accidents – la mort du clochard et la femme estropiée – doivent rester secrètes, d'autant plus que les malheureux ne sont ni les premiers ni les derniers. Quelqu'un a dû moucharder auprès des journalistes.

Ça aurait à voir avec une arnaque aux assurances orchestrée par un escadron de l'horreur, surnommé le gang des « briseurs d'os ».

Ces barbares – deux énergumènes sans pitié, une infirmière-anesthésiste et une poignée de vauriens servant de petites mains – exploitent la misère d'individus désespérés auxquels elle brise littéralement les os, en mettant en scène des accidents jamais advenus. À l'hôpital, un médecin complice rédige les bons rapports ; enfin, les juristes experts suivent les dossiers pour faire en sorte que les compagnies d'assurances et les fonds de l'État destinés aux victimes de la route indemnisent les blessés en leur garantissant une pension d'invalidité. Et chaque mois, une partie de la somme seulement – Mme Marchese ne s'est pas risquée à donner des pourcentages – est versée à la victime, le reste étant la prime que se partagent les briseurs d'os.

Je descends l'escalier la gorge nouée : le clochard que j'ai vu quelques mois plus tôt était donc une victime de ces tortionnaires ; il vivait comme un esclave dans cet immeuble abandonné parce que ceux-là mêmes qui l'avaient mutilé lui soutiraient de surcroît sa pension d'invalidité. Cet homme avec ses bottes en caoutchouc qui m'a chassé était son geôlier.

Padre Giovanni dit que l'église est la maison de Jésus et que Jésus nous y accueille tous. Une manière de dire qu'il aimerait me voir plus souvent.

Je n'y vais jamais le dimanche parce que la messe dominicale ressemble à un rendez-vous mondain. Ça me gêne d'être assis à côté de ces gens pomponnés aux visages indifférents. Je ne devine en eux aucune piété, aucune envie de comprendre le sens profond des paraboles. Je préfère venir à la paroisse en milieu de semaine, quand il n'y a que les malheureux.

La semaine, padre Giovanni anime des ateliers avec les sans-abri, les femmes qui travaillent dans la rue, les enfants délaissés. Derrière l'église, il y a un bout de jardin où il leur apprend à cultiver des légumes, et une remise où il les aide à réparer des objets cassés et jetés qu'il a récupérés. Quand il lui reste du temps, il leur parle de Dieu, mais toujours à sa façon.

C'est lui qui m'a dit que le baptême et la communion sont des foutaises, que le pape a beaucoup trop de bijoux et, surtout, que si je n'ai pas le temps de venir le voir, je peux me confesser à mon grand-père Rosario. Il le connaissait.

Les quelques fois où je suis allé le trouver, padre Giovanni ne m'a jamais contraint à faire le signe de croix ou à prier. Il m'a plutôt fait travailler, en me demandant de changer la chambre à air d'un vieux vélo ou de balayer les feuilles et les saletés amenées par le sirocco.

C'est difficile de se confier à quelqu'un qu'on connaît à peine, et je suis gêné de m'ouvrir à lui. Mais dans le confessionnal, c'est différent.

“Padre Giovanni ?

– Oui.

– Ma mère...

– Quoi ?

– Elle va un peu mieux.

– Elle est sortie de la clinique ?

– Oui, et on vit à nouveau ensemble.

– Vous avez de quoi manger, à la maison ?

– On a des pâtes.

– Très bien, c'est terminé, *vattinni*.

– Padre Giovanni ?

– Qu'y a-t-il ?

– On peut prier pour elle ?

– Pourquoi ? »

Je pense : parce que j'ai peur que les choses tournent mal ; parce que si Dieu existe, il doit prendre ses responsabilités ; parce que maman doit guérir pour toujours.

Je dis : « Parce que c'est juste. »

Nous récitons une prière étrange que je ne connais pas, qui parle de charité et de pardon pour les offenses subies. Il prononce une phrase et je la répète. À la fin, je lui demande si nous pouvons recommencer. Après, je me sens mieux, moins seul.

Avant de me laisser partir, padre Giovanni me donne un sac avec du pain, du lait et des haricots. Il me dit de saluer ma mère et de la faire manger tous les jours.

Sur le chemin de la maison, je comprends ce qu'est la religion. C'est ce dont on a besoin quand on se sent désespéré et qu'on ne veut pas mourir. C'est quelqu'un qu'on ne voit pas et qui nous tend la main quand on se noie.

En rentrant, je trouve la chambre de ma mère à moitié inondée.

Rien de nouveau, ça arrive souvent, en général aux plus mauvais moments. La machine à laver des voisins du dessus fuit et l'eau s'infiltre jusque chez nous, dégoulinant directement sur l'armoire. Cette fois, même le lit est touché.

Inutile de s'énerver, de contacter un avocat ou autre, comme font les gens en ville, on n'a pas les moyens de payer un conseiller et nos voisins n'ont pas les moyens de nous dédommager. À Brancaccio, les problèmes se règlent entre personnes concernées, sans intermédiaire.

Et puis, en l'occurrence, nous avons affaire à un couple d'octogénaires qui ne connaissent pas un mot d'italien. Ils parlent un sicilien archaïque que je n'ai jamais entendu ailleurs, je dois donc demander à ma mère de m'accompagner pour traduire.

Nous frappons – évidemment, l'interphone est cassé.

« *Cu è* ?

– Bonjour madame, c'est Rosario, je suis avec ma mère.

– *Cu è ?* » Elle est sourde comme un pot et nous devons élever la voix au risque d'ameuter tout l'immeuble.

« Madame, c'est Maria, *chidda ca cusi* ! » Souvent à Palerme, pour se présenter, donner son nom ne suffit pas, il faut ajouter un petit détail, par exemple, qui sont nos parents, où on habite ou ce qu'on fait, comme le précise ma mère en s'annonçant comme « celle qui coud ».

La porte s'ouvre enfin, et tout de suite, la femme nous demande – en criant – de ne pas faire de bruit parce que son mari est déjà au lit.

Je tente d'intervenir : « Madame, votre machine à laver fuit.

– *Chi dicìsti* ?

– La machine à laver, madame, votre lave-linge ! » je répète en essayant de reproduire la forme de l'appareil avec mes bras, en vain.

Avec maman, nous échangeons un regard ; on a envie de rire, même si notre appartement est une pataugeoire.

Puis elle prend le relais, elle vit à Brancaccio depuis plus longtemps que moi et sait comment communiquer.

« Madame, *a machina pi ruobbe* ! »

La femme comprend enfin : il suffisait de le dire en sicilien.

« Ma machine à laver ?

– Oui, elle fuit encore, il pleut dans notre appartement. »

Elle nous laisse entrer. Je jette un œil et j'identifie tout de suite le problème. Il faut colmater la fuite au niveau du tuyau d'écoulement avec de la filasse, un jeu d'enfant. J'explique tout à la vieille et descends chercher le nécessaire. À mon retour, elle tient à me préciser une chose.

« *Sì, ma picciuli un ci nn'è.* »

Elle ne peut pas me payer pour ce travail.

« Madame, c'est gratuit, mon fils ne veut pas d'argent. »

En vingt minutes, tout est réparé, je prends même le temps d'ajuster les pieds de la machine pour la stabiliser et de passer la serpillière sur les flaques d'eau qui stagnent depuis Dieu sait combien de jours dans sa buanderie. À la fin, je gagne une bise qui m'intimide et me fait plaisir.

Cette nuit-là, maman dort avec moi parce que son matelas est encore mouillé.

Je me recroqueville pour lui faire plus de place, nos pieds s'effleurent, nous nous disons « bonne nuit » au même instant, nez à nez. Puis elle tente de me serrer dans ses bras, mais je lui dis que je ne veux pas, que j'ai grandi. Elle comprend sans se vexer.

Avant de dormir, toutefois, j'ai une chose importante à lui demander.

« Tu penses encore à lui ?

– À qui ?

– À papa.

– Non, je n'y pense plus.

– Moi, je le déteste.

– Qu'est-ce que tu racontes…

– C'est vrai, m'man : je le déteste.

– C'est ton père.

– Non, c'est plus mon père.

– Avec le temps, ça te passera.

– Mais tu… enfin… tu l'aimes encore ?

– Non, mais je lui pardonne.

– N'importe quoi !
– C'est pourtant vrai.
– Il mérite pas d'être pardonné.
– Seul aime celui qui pardonne. C'est le Seigneur qui le dit. »

Je me tourne de l'autre côté et fais semblant de dormir, je ne veux pas la contrarier. Cet après-midi, avec la voisine du dessus, elle a ri comme elle n'avait pas ri depuis longtemps. Un miracle.

Mme Caruso, la psychologue du lycée, veut me revoir. Suite au conseil de discipline et aux derniers rapports des services sociaux, elle a décrété que nous devons nous entretenir de toute urgence, qu'il n'y a pas une minute à perdre.

Je me présente au bureau des surveillants, qui est aussi le sien, elle m'oblige à m'allonger sur le tapis de gymnastique sous les regards curieux de la moitié des élèves, puis le pensum habituel commence. Elle est persuadée que je souffre du complexe d'Œdipe et refuse d'en démordre.

« Pourquoi hais-tu ton père ?
– Parce qu'il nous a caché qu'il avait une autre famille.
– Et cela justifie la haine ?
– Oui.
– À mon avis, il y a autre chose.
– Quoi ?
– Rosario, tu es amoureux de ta mère.
– Hein ?
– Tu te sens en rivalité avec ton père pour gagner l'amour de ta mère.

– Je suis pas amoureux de ma mère, je l'aime normalement, comme un enfant.

– Alors pourquoi hais-tu ton père ?

– Je vous l'ai déjà dit : parce qu'il nous a caché qu'il avait une autre famille, parce qu'il m'a caché que j'avais un frère, parce qu'il nous a trahis, parce qu'il nous a fait du mal.

– Ça ne justifie pas la haine. »

Je lève les mains en signe de reddition, je ne veux pas chercher l'affrontement : dans la liste des acteurs de ma vie, elle ne figure même pas au générique.

Et voilà que ce génie de la psychologie fouille dans son cartable pour brandir la solution adaptée à mon cas et me servir un énième dessin idiot représentant deux parents en train de s'embrasser et un enfant qui les espionne en retrait, le visage renfrogné.

« Que vois-tu sur cette image ?

– Un père et une mère qui s'embrassent, et un enfant jaloux.

– Ah, tu as compris tout de suite. Comment ça se fait ?

– C'est pas compliqué.

– Peut-être que tu as compris immédiatement la situation parce que tu l'as vécue ? »

Mon Dieu, c'est sans fin ! Mme Caruso a décidé que je suis rongé par le complexe d'Œdipe qu'elle a découvert dans les livres, et elle ne conçoit aucune alternative. Je finis par la satisfaire pour qu'elle complète son précieux dossier et me laisse tranquille.

« Alors, dis-moi, Rosario, pourquoi cette haine ?

– OK, je suis jaloux. »

Caruso écarquille les yeux, ses outils d'investigation commencent à porter leurs fruits. Soudain, son bout de papier prend tout son sens.

« Je suis très jaloux. Je voudrais guérir. »

Elle ôte ses lunettes, s'approche de moi avec son air de professionnelle et pose une main ferme sur mon épaule.

« Je vais t'aider, Rosario, ne t'inquiète pas. »

Maman travaille à l'atelier de Caterina le lundi, le mercredi et le vendredi. Elle fait le ménage pour deux cents euros par mois, une misère, mais tout est en règle.

Ce n'est pas anecdotique : cela prouve aux services sociaux qu'elle est guérie et qu'elle se réinsère dans la société.

Vivre avec deux cents euros par mois est impossible, mais comme nous sommes en dessous du seuil de pauvreté, nous bénéficions d'une aide de cent soixante euros, et l'ensemble nous permet de nous en sortir.

Depuis qu'elle travaille, maman a changé. Elle se lève seule, a repris quelques kilos, même si elle reste très maigre, et parfois même, elle chantonne.

À la *putìa*, l'épicerie du coin, elle s'est acheté des gants bleus et des chiffons en microfibres qui, selon elle, nettoient sans laisser de traces. Pour conjurer le risque d'arriver en retard, elle quitte la maison avec une demi-heure d'avance, parée de ses plus beaux vêtements – à la demande de Caterina –, au cas où elle croiserait des clients.

Je suis moi aussi plus serein de la voir occupée, j'éprouve le soulagement qu'elle doit éprouver chaque fois qu'elle me voit partir au lycée. Je suis fier de lui avoir trouvé ce travail ; je me sens plus adulte. Un homme.

« Demain je t'accompagne à l'atelier.

– Tu n'as pas cours ?

– On fait le pont. »

Je me couche tôt pour mieux supporter le lever aux aurores. Avant de m'endormir, je mets des gouttes dans mon œil. Je ne fais pas de cauchemars.

Je me lève avant que le réveil sonne, j'attends ma mère en bas de l'immeuble, vais chercher Tronçonneuse : à l'atelier, on y va à vélo.

Elle me rejoint et nous mettons un peu de temps à nous installer. J'incline Tronçonneuse pour l'aider à s'asseoir, je lui dis de se tenir au guidon sans trop appuyer : c'est moi qui conduis.

Et c'est parti.

Maman a peur du vélo, elle ne sait pas en faire et, à quarante ans passés, il est tard. Mais elle aime bien monter avec moi, elle dit qu'elle se sent comme Stefania Sandrelli dans un film que je ne connais pas.

Je pédale.

Malgré l'effort soutenu, je lui indique les montagnes à gauche, la mer à droite, je lui demande si ça lui plaît.

Ça lui plaît.

Elle dit qu'à force de les avoir sous le nez, on oublie les belles choses.

Quand apparaît un nid-de-poule que je ne peux pas éviter, je lui dis de bien s'accrocher et de serrer les fesses.

Elle rit. Nos os vibrent sous l'impact.

« Tu sais, mon vélo s'appelle Tronçonneuse.

– Je sais.

– Et tu sais pourquoi ?

– Non.

– Parce qu'il fait du bruit. Et il fait du bruit parce qu'il est puissant, parce qu'il n'a peur de rien. »

Nous arrivons devant l'*Atelier Vent d'océan*. Maman masse sa jambe engourdie et arrange ses cheveux. Elle pense au nom de mon vélo.

Je lui dis : « Toi, tu dois être comme Tronçonneuse. »

Le tournoi de foot interlycées se déroule à merveille.

Comme je ne peux plus fréquenter le club du Virtus Brancaccio à cause de Totò, je profite pleinement de cette occasion pour me défouler, pour prouver à mon grand-père Rosario que je suis aussi fort que lui.

À la quatrième journée du premier tour, nous avons déjà engrangé trois victoires et un match nul, ce qui signifie qu'au classement général, il nous manque un petit point pour accéder aux huitièmes de finale.

Il paraît que l'équipe de Jonathan se débrouille bien elle aussi. Ils sont deuxièmes de leur groupe, leur qualification est presque certaine.

Nous disputons notre cinquième match contre un lycée technique voisin du nôtre.

Après dix minutes de jeu, nous sommes dominés, bloqués.

« Eh, les gars, *chi cazzu faciti* ! » je hurle à mes coéquipiers.

Je n'ai pas souvent recours aux grossièretés. Comme ma mère, je pense que la violence verbale est tellement présente à Brancaccio qu'en modérant son langage, on semble venir d'ailleurs. Mais quand je joue au foot, l'adrénaline me fait tout oublier.

Pappalardo me foudroie du regard : je ne dois pas parler ainsi dans le milieu scolaire. Je fais mine d'obtempérer sans pour autant renoncer. Je baisse d'un ton.

Mais à la soixante et onzième minute, un centre arrive de la gauche, je sors au mauvais moment et, d'un coup de tête, mon adversaire envoie le ballon au fond des filets.

Alors j'explose à nouveau : « *Scimunito* ! ».

Contre moi cette fois parce que cette erreur nous coûte le match.

Nous perdons un à zéro.

Notre qualification pour les huitièmes de finale n'est pas acquise.

Quand ils m'ont envoyé dans leur famille d'accueil, ces imbéciles des services sociaux ne se sont pas préoccupés de mon chien. En bons bureaucrates, ils ont appliqué la loi, et la loi n'a que faire d'un chien errant.

Après plusieurs mois, je ne sais toujours pas où il est, ni même s'il est en vie. Et je ne peux pas passer mes après-midi à le chercher : jusqu'à dix-huit heures, l'heure de sortie des bureaux, des agents sont susceptibles de venir nous contrôler, et il vaut mieux qu'ils me trouvent à la maison en train d'étudier.

Siffler ne sert à rien : si Jonathan était dans les parages, il me trouverait lui-même grâce à son flair, ou il se posterait devant l'entrée de mon immeuble, comme avant. Il n'est plus à Brancaccio, c'est certain, il a dû s'enfuir et se perdre loin.

Je décide d'explorer les quartiers alentour : Settecannoli, Ficarazzi et Acque dei Corsari, de consacrer à chacun trois jours de recherches pour faire les choses bien.

À vrai dire, j'ai peu d'espoir de le revoir, mais le chercher est une nécessité. Je me sens incapable de jeter l'éponge, je ne me le pardonnerais pas : m'aventurer sur ses traces est une manière de rester près de lui, de partager son destin.

Acqua dei Corsari est le dernier quartier que j'explore. J'inspecte le dessous des voitures, le bord de mer, les broussailles, les églises et les écoles. En proie au désespoir, j'étudie également les crottes dans les rues et sur les trottoirs, parce que les siennes étaient toujours pareilles et, même si c'est un peu dégoûtant, je serais capable d'en reconnaître la forme. Rien : pas la moindre déjection susceptible de lui appartenir.

Avant de rentrer, je fais un détour. C'est ma dernière piste, après je ne sais plus où aller. J'aperçois l'enseigne au bout de la rue : « CHENIL MUNICIPAL ».

L'heure de fermeture est largement dépassée, mais je sonne frénétiquement. Le gardien me dit que c'est fermé, je lui explique qu'il s'agit d'une urgence, qu'il y en a pour cinq minutes.

J'entre et laisse Tronçonneuse dans la cour ; ça sent la viande, la carcasse et le poil humide. Pour rejoindre le secrétariat, nous suivons un couloir de cages étroites dans lesquelles sont enfermés des chiens efflanqués, contraints de vivre dans une crasse immonde. Le gardien se bouche le nez ; pas moi.

Nous arrivons dans son bureau, il me dit de faire vite.

Je lui montre une photo de mon chien.

« Jonathan s'est perdu.

– Et que veux-tu que j'y fasse ? »

Le ton sardonique de cet homme sans visage m'énerve.

« Il est ici ?

– Mon gars, cet endroit voit défiler des centaines de clebs tous les mois, comment veux-tu que je me souvienne de ce bâtard ?

– Je peux vérifier ? »

Nous parcourons à nouveau le couloir aux relents d'abandon, je passe en revue les museaux balafrés, humbles, agressifs, exsangues… Pas l'ombre d'un Jonathan.

« Mais que faites-vous de ceux dont personne ne veut ?

– Ils sont piqués.

– Vous avez tué Jonathan ? »

Le gardien plaque sa main dans mon dos et me pousse vers la sortie, il dit que ça suffit, qu'il n'a plus le temps. On voit qu'il n'a pas de respect pour ces chiens ni d'intérêt pour son travail, et cela me semble absurde ; pourquoi les métiers les plus délicats sont-ils toujours confiés à ceux qui ne les méritent pas.

Je suis amer, déçu, en colère.

Je me retourne brutalement et me rebiffe.

« Si vous avez tué Jonathan, je vous bute tous !

– *Chi dicìsti* ?

– Si vous avez tué mon chien, je vous bute ! » et je donne un coup de pied rageur dans un bout de tôle à côté de nous.

« Je vais vous massacrer ! » je hurle.

Il doit me craindre – après tout, je suis de Brancaccio. Il recule, prend son téléphone et compose un numéro. Il dit : « Allô, je suis victime d'une agression au Chenil municipal. »

La police...

Sa lâcheté me rend encore plus féroce. Je voudrais prendre une tenaille et ouvrir les cages de cette prison abominable, je voudrais libérer tous les animaux enfermés et les laisser courir dans la nature.

Mais je suis sous surveillance : au moindre faux pas, je perds à nouveau ma mère.

J'enfourche Tronçonneuse et file entre les voitures.

Personne ne peut m'arrêter, personne ne peut me reconnaître. Je n'ai peur de rien ni de personne.

À la maison, ma mère a mis au point un système d'espionnage avec Mme Marchese.

Comme nous n'avons pas d'interphone ni d'œilleton sur notre porte – à la différence de notre voisine –, quand on frappe chez nous, Mme Marchese, qui, de son appartement, entend tout, guette avant de donner un coup sur notre cloison mitoyenne s'il s'agit d'amis, trois coups s'il y a alerte. Dès que les intrus s'en vont, notre voisine fait tinter ses casseroles pour nous confirmer que le danger est écarté.

Contrairement à moi, ma mère est très préoccupée. Elle ne comprend pas cette pression des services sociaux, s'imagine qu'il y a autre chose. J'essaie de la rassurer : cette surveillance est normale, la machine institutionnelle de l'État s'est mise en route, et avec elle, sa filière de

« professionnels » ; nous devons nous montrer calmes et dociles, leur emprise se relâchera bientôt, et ils nous laisseront tranquilles. J'ai presque dix-sept ans après tout, je suis bientôt majeur.

Elle est surtout obsédée par l'argent. Depuis quelque temps, Caterina la paie moins régulièrement, invoquant d'autres nécessités, d'autres priorités.

Elle craint que l'assistance sociale épluche ses relevés de compte, comme s'il s'agissait de l'administration fiscale ou d'une société de recouvrement.

Et justement, on frappe à la porte.

Je fais mine de quitter ma chaise, mais ma mère me dit de ne pas bouger, de ne pas répondre.

On frappe encore.

Nous nous levons sur la pointe des pieds : d'abord elle, puis moi. Son index sur les lèvres, elle m'impose le silence, s'approche de la porte à pas feutrés et colle son oreille contre le bois. Elle n'entend rien. Puis nous glissons vers la cuisine et le mur partagé avec Mme Marchese. Une poignée de secondes passe, et trois coups retentissent, à cinq reprises.

C'est le signal : les services sociaux sont là. Ça doit être la dixième fois qu'ils viennent.

En murmurant, je tente de raisonner ma mère.

« Il faut ouvrir.

– Non, Saro.

– On va avoir des ennuis.

– Non.

– Tu sais, ils ne peuvent pas savoir que Caterina ne te paie plus. »

C'était la chose à ne pas dire. Elle presse sa tête contre la cloison et, avec une grimace, me dit de me taire.

Entre-temps, les casseroles de Mme Marchese nous informent que l'ennemi est parti, mais dans l'appartement, l'atmosphère est lourde.

Ce soir-là, je ne descends pas chercher Jonathan, je préfère rester dans ma chambre.

Au dîner, elle ne touche pas son assiette. Sur le canapé, elle sombre dans un sommeil d'abandon que je connais bien et qui me terrorise.

Le sonnet a été inventé à Palerme, il y a huit cents ans, à la cour de Frédéric II.

Mme Vallone nous explique que c'est une forme fixe de quatorze vers, composée de deux quatrains et de deux tercets, mais elle oublie de nous dire la chose la plus importante : le sonnet est une explosion poétique, car il offre peu d'espace et oblige celui qui l'écrit à charger les mots comme des cocktails Molotov.

Si le sonnet est né à Palerme, le plus beau de tous les temps a été écrit par un Vénitien, ou du moins un poète né sur une petite île grecque autrefois aux mains des Vénitiens.

Le poète, représenté dans notre livre avec de larges favoris et des cheveux roux, ne peut se rendre à l'enterrement de son frère qui s'est suicidé, à cause des gendarmes autrichiens qui veulent l'arrêter.

Cet homme a vécu il y a deux siècles, pourtant, son histoire est proche de la mienne. Le monde change, les problèmes demeurent.

Quand on dérange, le pouvoir ne sait comment nous faire taire et préfère s'en prendre à ceux qu'on aime, nous priver de ces liens, nous laisser souffrir comme des chiens.

Mme Vallone s'énerve, dit que mon intervention est, comme d'habitude, hors sujet et que je dois arrêter mes rapprochements à l'emporte-pièce. Puis elle nous invite à nous concentrer sur le débat des philologues autour de la chronologie de la composition.

Ce poème me plaît parce qu'il est question de deux frères, je marmonne ; le débat sur les dates, en revanche, m'indiffère.

« Très bien, puisque tu as envie de parler, je t'interroge. Rosario, au tableau. »

Je me faufile entre les sacs à dos, mets ma capuche qu'elle m'ordonne de retirer.

« Parle-moi du débat critique autour de l'œuvre du Tasse.

– Je peux dire quel est, pour moi, le sens de l'œuvre du Tasse.

– Ce n'est pas ce que je te demande.

– Dans ce cas, je ne sais pas répondre.

– Nul. Zéro. À ta place. »

Un silence glaçant règne dans la classe, comme une acceptation de l'injustice, l'antichambre de la dictature. J'ai l'impression d'être tombé dans un guet-apens.

Je retourne m'asseoir, me mords la langue pour ne pas parler, mais c'est plus fort que moi.

« Madame, vous savez ce qu'a dit Oscar Wilde ?

– On t'écoute, Rosario.

– “Ceux qui sont incapables d’apprendre se sont mis à enseigner.” »

Caterina a fait poser du parquet à l’atelier ; c’était ça, la fameuse « priorité » dont elle nous parlait, qui l’empêchait de payer ma mère. Si ce travail n’était pas une faveur qu’elle nous faisait, je lui dirais que c’est incorrect, mais le pacte qui nous lie m’en empêche.

Au contraire, je me force à la féliciter pour sa nouvelle décoration, et j’entends alors de telles bêtises que je me demande si Caterina pense vraiment ce qu’elle dit ou si elle cherche juste à meubler le silence. Les clients trouvaient soi-disant l’atmosphère trop froide et désormais, ils n’ont plus l’impression d’entrer dans un lieu quelconque mais dans un véritable atelier-boutique.

« Ah, Rosario, attends. »

Déjà à l’ouvrage, maman ne nous entend pas.

« Qu’est-ce qu’il y a ?

– Dis à ta mère de faire un petit effort quand elle vient ici.

– Comment ça ? »

Caterina se tourne pour s’assurer qu’une cliente à peine entrée ne la voit pas, puis agite sa main devant son nez.

« Elle sent fort, tu comprends ? »

Je comprends et je m’empresse de sortir avant de déclencher un esclandre. Car non, maman ne sent pas mauvais. Caterina fait sans doute allusion à l’odeur des détergents qu’elle utilise et qui imprègne ses affaires, mais elle n’y est pour rien.

Je rentre et, malgré mes devoirs qui attendent, je ne mets pas les pieds dans ma chambre. J'ouvre l'armoire de ma mère pour sentir ses vêtements. Je ne perçois aucune odeur désagréable, l'accusation de Caterina est gratuite, tout au plus ont-ils l'odeur de la maison : sa robe à fleurs, comme son tablier, dévoile des notes de cuisine et de citron ; les pulls qu'elle a tricotés sentent l'hiver et l'humidité à cause des infiltrations dans les murs ; ses tenues d'intérieur sentent la sieste, le canapé et le café. Je reconnais enfin, sur ses plus beaux habits, l'odeur des détergents et des gants en caoutchouc.

Je les prends, les roule en boule et les jette dans une bassine. Je les fais tremper dans l'eau froide parce qu'il n'y a pas d'eau chaude, j'ajoute du shampooing et un fond de vieux parfum ; je les lave de mon mieux puis les étends sur des cintres pour éviter les plis.

Je n'ai pas le temps de me reposer ni d'étudier ; il est dix-neuf heures trente et j'ai promis à maman que j'irais la chercher à vélo.

Tout en pédalant, je réfléchis à la manière la plus délicate de lui parler de la remarque de Caterina, en vain. Ce travail est sa dernière certitude, et je ne veux pas l'ébranler. Je décide donc de ne rien lui dire, de laver moi-même les vêtements qu'elle porte au travail.

Alors que je suis sur le seuil de la porte, Caterina, qui sert une cliente, me fait signe de ne pas entrer, de rester dehors. Je joue celui qui ne la connaît pas pour ne pas la mettre dans l'embarras ; dans un magasin aussi raffiné, la présence d'un garçon comme moi peut gêner.

De l'extérieur, je vois ma mère sur un escabeau en train d'épousseter un mannequin. Dans ce geste banal affleure le soin minutieux qu'elle accorde toujours à chaque chose : le regard concentré, les mouvements rapides et précis, le calcul mystérieux sur ses lèvres.

À la fermeture, je me plante devant l'entrée et l'attends. Caterina fait sa caisse. Ses comptes terminés, elle contrôle le travail de maman et remarque des traces sur la vitrine. Elle crie qu'il ne faut pas la prendre pour une imbécile et qu'elle ne dirige pas une œuvre de charité. Maman s'aperçoit que je suis là, baisse la tête et acquiesce pour éviter que j'en entende davantage. Elle remonte sur l'escabeau et nettoie une deuxième fois la vitrine tandis que Caterina retourne s'asseoir derrière sa caisse. Cela dure vingt minutes.

Quand elle sort enfin, je lui souris et fais comme si je n'avais rien entendu.

Elle se hisse sur le vélo, je commence à pédaler, nous restons muets.

De retour à Brancaccio, je respire dans son cou.

« Qu'est-ce que tu fais, Saruzzu ?

– Tu sens bon, m'man. »

À Palerme, chaque quartier a sa *putìa*, son épicerie ou sa droguerie – le mot vient du grec *apothêkê*, rien que ça !

C'est un lieu de rencontre pour tout le monde – petits et grands –, mais en particulier pour les mères, qui y passent beaucoup de temps.

Le gérant, le *putiàro*, le sait bien, et pour que son magasin soit toujours plein, il a une stratégie redoutable :

exposer les balais en devanture. Des balais de toutes sortes : à brosse violette, à pois, à manche télescopique ou percé pour être accroché, avec pelle intégrée ou gomme attrape-poussière ; bref, des balais pour tous les goûts.

Pour fidéliser sa clientèle, le *putiàro* rend aussi divers services : il ressuscite les batteries des voitures, règle les conflits de voisinage, fait crédit aux habitués et conseille des produits pour maigrir.

Les centres commerciaux sont rares à Palerme, car on n'y trouvera jamais le zèle et le dévouement du *putiàro*, et on n'y verra jamais la pancarte : « À CAUSE D'UN MAUVAIS CLIENT, ON NE FAIT PLUS CRÉDIT », avertissement menaçant et mensonger, car tout le monde sait qu'en réalité, le crédit fonctionne, et plutôt deux fois qu'une !

Pour distraire ma mère, je lui parle de mon chien, du vide qu'il a laissé en moi. Elle est retombée dans une phase de découragement, entre jeûne et somnolence. Cette fois, cependant, elle trouve assez de lucidité pour me donner un conseil avisé.

« Va voir le *putiàro*. Il pourra sûrement t'aider. »

J'y vais, avec l'excuse de devoir racheter du lait.

Comme toujours, il y a foule, mais l'ambiance me plaît. Je m'attarde dans les rayons, regarde les offres « deux achetés le troisième offert », puis rejoins la caisse.

« Je te donne un sac, mon grand ?

– Pino, j'ai perdu mon chien.

– Quel genre de chien ?

– Un bâtard, un chien errant.

– Tu t'inquiètes pour un chien errant ?

– Il compte beaucoup pour moi.
– Va voir Totò, dis-lui que c'est Pino qui t'envoie.
– Totò ?
– Le capitaine du Virtus Brancaccio. »

Alors je vais voir Totò, parce que si le *putiàro* me l'a conseillé, ça veut dire qu'il sait quelque chose. Et c'est vrai que Totò connaît toute la pègre de Brancaccio, dont les organisateurs de combats de chiens.

Je le trouve à largo Buozzi, en train de trafiquer son téléphone. Je m'approche avec un air respectueux. Je me passerais bien de devoir lui demander un service : c'est à cause de lui que je suis à moitié défiguré et que j'ai dû quitter le club de foot du quartier.

« Eh, Totò, t'aurais pas vu mon chien ? »

Je m'épargne la description de Jonathan : il le connaît, a eu affaire à lui quelques mois plus tôt.

Totò affiche une grimace de dégoût pour me signifier qu'il s'en fout.

« Je veux juste savoir si tu l'as vu combattre.
– Ces chiens-là, on les fait pas combattre, tu peux être tranquille.
– Pourquoi ?
– Parce qu'ils sont nuls. »

Je suis tellement soulagé que je finis par le remercier.

« Eh, Rosa'.
– Ouais.
– Chez toi, c'est encore la misère ? »

À son ton sarcastique, je prends peur : que sait-il de notre vie ?

À l'*Atelier Vent d'océan*, une cliente s'est fait voler de l'argent.

Le voleur n'a pas pris son sac à main ni sa carte de crédit : de retour chez elle, elle s'est simplement aperçue qu'il manquait vingt euros dans son porte-feuille, et elle est sûre qu'elle les avait avant d'entrer dans la boutique. Selon elle, quelqu'un a dû les lui subtiliser pendant qu'elle se trouvait dans la cabine d'essayage.

Caterina me l'explique au téléphone, alors que maman est dans la salle de bains ; et elle me demande si ces vingt euros, ce ne serait pas ma mère qui les aurait pris, même par erreur.

Je réponds que non, qu'elle ne ferait jamais une chose pareille, que nous sommes honnêtes.

Je raccroche en continuant à marmonner que nous sommes honnêtes, mais gagné par le terrible soupçon d'avoir tort.

Le bruit de l'eau m'assure que maman est encore sous la douche : j'entre dans sa chambre, prends son sac et fouille à l'intérieur. Dans son porte-monnaie, je trouve un billet de vingt euros. Étreint par la culpabilité, je referme tout pour qu'elle ne remarque pas que j'ai touché à ses affaires, retourne dans la cuisine et l'attends pour dîner.

Elle se met à table, une serviette enroulée sur ses cheveux mouillés, pose ses mains sur ses genoux et fixe un point dans le vide.

« M'man, va te sécher les cheveux avant de manger.

– Je n'ai pas faim : mange, toi. »

Je comprends que je n'arriverai pas à la distraire de ses pensées, je mets son assiette de côté et finis par dîner seul. J'allume la télé, car son état émotionnel m'effraie. Son silence aliéné est comme la boule de Sisyphe la nuit venue.

Je fais la vaisselle et range rapidement la cuisine sans la quitter des yeux, puis je lui caresse les épaules pour l'inciter à aller se sécher les cheveux.

« Tu vas attraper froid. »

Elle se lève, se laisse guider jusqu'à la salle de bains et se débarrasse de sa serviette humide. Avant de ressortir, j'allume toutes les lumières.

« C'est toi qui as volé cet argent ? »

Elle se tourne, inquiète, puis regarde le sèche-cheveux sans me répondre.

Le lendemain, après les cours, j'apporte vingt euros à Caterina, pris dans mes économies. Elle les glisse sous son agenda et me fait comprendre avec des gestes nerveux que cette histoire ne lui a pas plu du tout.

Finalement, nous finissons premiers de notre groupe avec une avance confortable sur nos adversaires.

Pappalardo ne connaît rien au foot. Pour nous préparer aux huitièmes de finale, il répète que nous devons recréer des « chaînes de jeu latérales », car nos adversaires ont un avant-centre redoutable. Il s'agit de mettre en place verticalement de véritables « chaînes » de passes prédéfinies ; une sorte de transhumance de noyaux de joueurs vers l'avant. Un beau schéma, moderne et dynamique, mais la tactique préétablie a un grand défaut :

elle réduit la vie à une expérience de laboratoire, parfaitement prévisible et reproductible. Or la vie n'est que surprises.

Pappalardo nous réunit avant le coup d'envoi, il nous rabâche sa stupide rengaine : « Je compte sur vous. »

Ce match a plus d'un enjeu : il s'agit de l'équipe du lycée de mon frère.

Je l'aperçois qui s'échauffe sur le bord du terrain puis rentre son maillot dans son short. Je cherche son regard, il me repère du coin l'œil et m'ignore.

Le match commence et, comme prévu, les passes latérales nous mettent en échec. Nos adversaires ont deux arrières en grande forme qui ne ratent rien. Les vingt premières minutes se résument en occasions manquées, contres subis et nouvelles occasions manquées.

Je fais de mon mieux mais je ne suis pas infaillible : à la quarantième minute, Jonathan expédie des trente mètres un boulet de canon sous la transversale. Je saute, j'amortis le ballon sans le dévier.

But.

« Non, les gars ! *Porca puttana* ! »

Je reste à terre, je tape du poing, Jonathan exulte. J'attends qu'il vienne chercher le ballon pour lui parler, mais il ne vient pas : il envoie un de ses coéquipiers. Son sang-froid me révolte.

Double coup de sifflet de l'arbitre : fin de la première mi-temps.

Pappalardo nous accompagne dans les vestiaires, mais ressort au bout de deux minutes, inutile. Je décide alors de prendre les commandes.

« Les gars, on laisse tomber les passes latérales. On se met en 3-5-2, et dès que le marquage s'organise en face on passe en 4-3-3.

– Pour quoi faire ? demande Paolo.

– Pour les déstabiliser. »

À la reprise, nous tentons de piéger nos adversaires, simulons d'être à la peine pour les inciter à nous sous-estimer et à se monter trop confiants, avant de dégainer notre arme secrète.

À la soixante et unième minute, je donne le signal : on passe en 4-3-3. Et nos arrières échangent leur poste, l'arrière droit va à gauche et vice versa.

Nos ennemis semblent perplexes, ils se tournent vers leur entraîneur en quête d'indications, Pappalardo braille et trépigne. Mais rapidement nous marquons deux buts et retournons le match.

À la quatre-vingt-deuxième minute, Jonathan dribble notre dernier défenseur et fonce sur moi. Il est trop excentré : il ne peut pas marquer. Notre arrière est déjà sur ses talons : en deux ou trois foulées, il lui prendra le ballon.

Sa combativité et sa froideur m'enflamment. Je sors de ma surface, je me dirige vers les quinze mètres et fais une glissade insensée sur ses chevilles, un puissant tacle crampons en avant.

Jonathan s'effondre, il se tord de douleur comme un asticot.

Je me redresse, me penche au-dessus de lui et empoigne son maillot.

« Pourquoi tu m'ignores ? »

Jonathan résiste, il agite un bras pour signaler l'agression à l'arbitre.

« On est frères, *cazzu* ! »

Ses coéquipiers nous séparent. Il se lève, me lance un regard plein de mépris, me frappe la poitrine et s'éloigne.

L'arbitre arrive, nous toise l'un après l'autre : carton rouge à tous les deux.

Nous avons gagné, oui, mais la victoire est amère.

Le lendemain de la fête du Travail, Caterina licencie ma mère.

Elle lui remet une enveloppe avec tous les documents nécessaires, prétendant être contrainte à cette décision par les mauvais résultats de la boutique. Mais nous connaissons tous la vraie raison de ce renvoi, et je n'appelle même pas Caterina pour tenter de l'apitoyer.

La journée passe comme une étrange fiction, un moment suspendu, réduits l'un et l'autre à prétendre que tout va bien, dans l'espoir que feindre l'équilibre suffise à ne pas précipiter le cours des choses.

Si je me sentais libre de parler, je lui dirais de ne pas s'inquiéter, que nous ne serons pas séparés à cause du désastre financier annoncé ; bientôt, pendant l'été, je gagnerai un peu d'argent en portant les sacs des clients du discount, il faut juste attendre la fin des cours.

Je traîne mon sac dans la cuisine, j'étale mes livres sur la table, revenant à une tradition chère à ma mère : faire mes devoirs avec elle. Sauf que les années ont passé et qu'elle ne peut plus m'aider pour toutes les matières.

Alors je lui propose de me faire réciter mon cours de littérature. Je lui parle des poètes romantiques qui écrivaient en dialecte, insistant sur le romain Gioachino Belli et son sonnet sur les indifférents, au titre éloquent : « Ventre plein ne croit pas à la faim ».

Elle rumine ces vers et comprend que ce poème parle un peu de nous ; ses yeux s'assombrissent, sans doute à l'idée de son travail perdu.

« N'y pense plus », lui dis-je.

Acheter le pain, à Brancaccio, c'est la mission des hommes.

Ce n'est pas une question de machisme, mais de sécurité, tout simplement. Comme le pain est meilleur chaud, il faut attendre la dernière fournée, juste avant l'heure du dîner ; et comme à Palerme, on dîne en général vers vingt et une heures, ça fait tard pour sortir. Dans la rue, on peut croiser des voyous, des cambrioleurs ou quelque vieillard au regard lubrique.

À la maison, après l'arrestation de mon père, je suis devenu le responsable du pain. Je descends à vingt heures trente-cinq précises, mets ma capuche et annonce : « *Ma', staju' ennu a pigghiari 'u pani* ! »

À pied, il faut compter quinze minutes. À vélo, à peine quatre ; quand je me mets en danseuse sur la puissante Tronçonneuse, je peux atteindre les vingt-cinq kilomètres à l'heure.

Le lendemain du licenciement de ma mère, je fais un détour. Je suis le corso dei Mille, puis j'emprunte un raccourci étroit pour rejoindre la via Corleone où se dresse l'immeuble abandonné, et enfin, j'arrive à destination, au numéro 16 viale dei Picciotti.

Je cale Tronçonneuse contre un lampadaire et entre dans la boulangerie.

Il ne reste pas grand-chose, mais les boules au sésame que nous aimons ma mère et moi sont toujours là. J'en prends deux, je paie et, en sortant, j'ai un choc : Tronçonneuse a disparu.

À Palerme, quand on te vole quelque chose, il y a toujours un laps de temps durant lequel le voleur attend la visite de sa victime avant de se débarrasser du butin.

En général, au bout de quarante-huit heures, l'objet du pillage est définitivement démonté ou vendu intact dans une autre ville, ou encore, s'il s'avère décevant et inutile, jeté avec mépris.

Il est donc important d'agir vite : deux jours plus tard, la messe est dite.

Il faut se rapprocher du chef du quartier où a été commis le larcin ; chacun a son boss. Et la règle veut qu'on s'adresse d'abord à ses sous-fifres, ses *picciotti*. Ces derniers informent ensuite la hiérarchie que la victime s'est manifestée, et les tractations peuvent commencer ; si on a de la chance, ou un peu d'influence, on peut parfois négocier directement avec le boss.

Mon vélo a été volé viale dei Picciotti, dans le quartier de Settecannoli : c'est là que je dois donner l'alerte.

Le lendemain matin, je retourne à la boulangerie, m'approche de la caisse et demande le responsable : il n'est pas encore là. J'attends dehors en étudiant les manœuvres des *picciotti* pour tenter de comprendre s'il s'agit d'une cellule organisée, sans me risquer au jeu des suppositions sur l'identité du coupable.

Le responsable arrive une demi-heure plus tard, au volant d'une Fiat Fiorino blanche toute déglinguée. Je vais à sa rencontre.

« Giacomo, mon ami !

– Qu'est-ce qui t'amène ?

– On m'a volé mon vélo.

– Quand ça ? »

Parfait. Alerte lancée. Le fait que le boulanger, Giacomo (qui n'est pas du tout mon ami, soyons clairs), me demande quand le vol a eu lieu signifie qu'il est au courant, sinon il m'enverrait balader d'un « Qu'est-ce que j'y peux ? ».

Je lui explique l'enchaînement des faits et lui fournis les détails dont il a besoin tandis qu'il décharge de gros sacs de farine. Il me dit de revenir en fin d'après-midi, qu'il va se renseigner.

En attendant, je rentre à la maison auprès de ma mère.

Je la trouve dans le salon, allongée sur le canapé, le regard vide. Je n'en peux plus de la voir là, j'ai l'impression qu'elle rechute, je souffre de ne pas savoir l'aider.

Je frappe chez Mme Marchese qui m'ouvre, armée de son aspirateur tel un samouraï avec son sabre.

« Bonjour madame Marche', vous voulez venir boire un café chez nous ?

– Pourquoi ? Qu'est-ce qui se passe ?

– Ma mère a besoin de compagnie. »

Un peu de légèreté, c'est ce qu'il nous faut, et notre voisine excelle dans ce domaine. Elle arrive avec ses pantoufles trouées au gros orteil et des biscuits maison, s'assied à côté de ma mère et le commérage commence.

Elle est simple et sensible, elle a très bien compris pourquoi je l'ai invitée ; elle connaît nos difficultés.

Je prépare le café, le sers dans nos plus belles tasses. Maman assiste passivement à cette éruption médisante sur le voisinage, laisse ici et là échapper un sourire, toujours hantée par notre situation économique qui s'aggrave de jour en jour.

Rassuré par cette présence chaleureuse, je vais retrouver le boulanger et entamer les négociations.

En marchant, je me reproche ma négligence de la veille : si j'avais cadenassé mon vélo, je n'en serais pas là ; si j'avais gardé un œil dessus alors que j'étais dans la boutique, les voleurs auraient renoncé.

J'arrive devant la boulangerie, Giacomo me dit d'attendre dehors.

Au bout de dix minutes, un *picciotto* s'approche. Je devine son statut à son visage figé, entre supériorité et arrogance.

« *Ti futtieru 'a biciriettta* ? »

Je réponds que oui, on m'a volé ma bicyclette.

« Cinquante euros », assène-t-il.

Je ne les ai pas. Ni cinquante, ni vingt, ni dix euros. Pas la peine d'essayer de négocier le montant, je mise plutôt sur notre origine commune.

« Moi aussi je suis de Brancaccio.

– Cinquante euros », répète-t-il avec mépris. L'idée d'en venir aux mains m'effleure, mais ce serait inutile, voire dangereux.

« Cinquante euros, oui ou non ? »

Je le fixe, compte jusqu'à trois et tourne les talons.

Dans son langage, ça veut dire non.
Dans le mien, rendez-vous en enfer.

Au lycée, mes sujets préférés sont ceux qui touchent à l'éthique et à la morale, ceux qui m'obligent à réfléchir, à remettre en question ma vision du monde.

Par exemple, l'histoire de la « colonne infâme ».

En parallèle de son roman *Les Fiancés*, Alessandro Manzoni relate cet événement terrible survenu à Milan en 1630 quand, en pleine épidémie de peste, des juges en quête d'un bouc émissaire condamnèrent à mort deux innocents accusés d'être des « infecteurs » et de propager le virus dans la ville avec de mystérieux onguents appliqués sur les portes. Une accusation absurde, obscurantiste et moyenâgeuse.

Pendant que la professeure Vallone explique le titre de l'essai, *Histoire de la colonne infâme*, je me demande ce que j'aurais fait, moi, à la place de ces juges, et dans quelle mesure le libre arbitre peut contrer un système ou une société injuste. Je lâche un commentaire caustique, sans doute déplacé.

« Ces juges sont des pourris.

– Pardon ? »

Mme Vallone ne tolère pas le langage familier en classe ; si une intervention est négligée dans sa forme, elle l'ignore. Cette fois, j'encaisse le reproche sur mon langage obscène sans répliquer, en baissant à nouveau les yeux sur mon livre.

Ce sont les dernières semaines de cours, le programme est bouclé.

Je suis inquiet : après mon carton à l'oral, Mme Vallone ne m'a plus interrogé, préférant donner la priorité à ceux qui espèrent vraiment décrocher un dix.

Ces ultimes interrogations sont insupportables : pendant de longues minutes, les élèves doivent recracher le cours à la virgule près, sans la moindre variation ni interprétation, dans un respect total d'une pensée qui n'est pas la leur.

« Madame, si vous ne m'interrogez pas, je ne peux pas rattraper mon zéro à l'oral.

– Si je t'interroge, Rosario, je risque l'anarchie et la retraite anticipée. »

J'encaisse et me replonge dans le récit de Manzoni, dans l'héroïsme de ces malheureux, victimes de la folie collective, dans l'ignorance assassine en quête d'une tête à couper.

Les services sociaux m'ont demandé si, de temps en temps, je pouvais me présenter moi-même dans leurs bureaux pour faire le point. J'ai accepté pour les tranquilliser.

Leurs psys sont certes plus expérimentés que Mme Caruso, mais tous ne sont pas là par pure vocation. Ils se fichent de leur véritable mission et préfèrent l'autoritarisme à l'empathie.

Le mot *insidieux* me vient en tête, parfait pour qualifier leur malhonnêteté, leur tentative de m'amadouer à coups de paroles trompeuses. Ces entretiens sont difficiles à gérer pour moi, chaque terme ambigu, chaque question sournoise peut cacher un piège. La moindre imprécision dans mes réponses risque de nous coûter cher.

Ils me demandent de fouiller dans ma mémoire pour identifier l'origine de mon malaise. J'irais mieux s'ils nous fichaient la paix mais ça, je ne peux pas le dire, et je me retrouve contraint de leur parler de mon enfance, d'événements passés au tamis de leur science. Leur argument phare est l'incapacité de ma mère à jouer son rôle, et sa dépression. Alors je décide d'inventer des histoires et des anecdotes pour contrer leur travail de sape.

« Pourquoi vous n'ouvrez plus à nos agents ?

– Mercredi, on était pas là.

– Comment sais-tu que nous sommes venus mercredi si vous n'étiez pas là. »

Comment rattraper une telle bêtise de ma part ?

« Ta mère va mieux ?

– Oui, bien mieux.

– Et pourquoi elle ne sort jamais ?

– C'est pas vrai, elle sort pour aller travailler.

– Selon l'Agence pour l'emploi, ta mère a été licenciée. »

Je bafouille une réponse improvisée, encore moins convaincante que la précédente, tandis que la psy tape son rapport avec indifférence.

« Bien, tu peux y aller. »

Je m'empresse de rentrer à la maison pour sermonner ma mère. Avec sa lubie de ne pas ouvrir aux services sociaux, nous risquons gros.

Elle doit m'écouter et, si nécessaire, je hausserai la voix.

Je ne veux pas que nous finissions comme les deux infecteurs de la « colonne infâme ».

Quand j'étais petit, mon père s'efforçait de m'apprendre la vraie vie ; avec un V majuscule, comme il disait. Et il y arrivait.

Il ne voulait pas que je joue avec les enfants plus modestes que nous ; il ne voulait pas que je sorte mal habillé, par respect pour notre nom ; entre un dix sur dix en littérature et un six sur dix en mathématiques, il préférait le six, les rares fois où il s'est soucié de mes résultats scolaires.

Il m'a appris à son insu la maxime *mors tua vita mea*, le malheur des uns fait le bonheur des autres.

Il était alors un mythe pour moi, même s'il n'était jamais à la maison. En réalité, c'était la rareté de sa présence qui le rendait précieux à mes yeux.

Puis j'ai fait l'expérience directe des conséquences de cette philosophie : j'ai vu que ne pas se poser de questions signifie n'avoir aucune conscience ; j'ai vu qu'à force de répéter *mors tua vita mea*, le malheur finit par toucher aussi ceux qu'on aime ; j'ai vu que profiter de la vie avant tout n'est pas une invitation à la légèreté mais à l'égoïsme.

Je pense à ça en revenant de mon rendez-vous avec les services sociaux. J'ai besoin de me prouver que je ne suis pas son produit, qu'il ne m'a pas totalement endoctriné.

À la gare, j'attends le 224. Je n'ai pas de ticket, mais les contrôleurs montent rarement à cette heure-ci. Je cède ma place à un petit vieux accroché à sa canne, puis, en équilibre dans l'allée centrale, je me lance un défi : faire tout le trajet jusqu'à Brancaccio sans me tenir. Un jeu idiot pour tester la maîtrise de mon corps.

À peine sorti du bus, je croise un gars à vélo et reconnais la roue avant de Tronçonneuse avec ses bouts de scotch rouge et noir collés sur les rayons.

Je me retourne et crie : « Eh, *curnutu*, c'est ma roue ! » Le gars continue à pédaler comme s'il ne m'avait pas entendu. Je le poursuis sur quelques mètres. Une course inutile qui sert plus à me défouler qu'à récupérer des morceaux de Tronçonneuse.

J'arrive à la maison encore essoufflé. Ma mère est endormie dans son lit. C'est l'heure de dîner.

J'hésite à l'obliger à venir à table avec moi. Son réveil est posé à côté d'elle, j'en déduis qu'elle ne s'est pas effondrée, qu'il s'agit d'un repos volontaire.

Je l'observe. Son sommeil est profond ; je le devine moins au rythme de sa respiration qu'à la tension et aux paroles incompréhensibles qui s'échappent de ses rêves et échouent au bord de ses lèvres.

Bientôt, tout cela va changer : fini le lycée, je l'emmènerai à la mer, je lui ferai prendre un peu de soleil, un peu de couleurs.

J'enfile mon pyjama, soigne mon œil et prie pour toutes les personnes fragiles autour de moi : ma mère, mon frère, Mimma et Cosimo, Mme Marchese, grand-père Rosario et mon chien. Ma dernière pensée de la journée est pour lui, mon unique et meilleur ami.

Je m'endors. Depuis quelque temps, je rêve moins parce que je grandis, parce que je deviens un homme et qu'un homme, ça ne rêve pas.

Le face-à-face avec le psy m'a épuisé. Je me blottis sous ma couette, une main sous mon oreiller et l'autre au chaud contre mon pubis.

Dans mon sommeil, j'entends un son infime qui s'amplifie, fait vibrer les vitres et résonne tel un écho. Je l'ignore, je pense au condenseur du frigo ou à une fête chez les voisins. Puis le bourdonnement devient cadencé, comme un cœur qui s'emballe. Je me retourne dans mon lit. Je tends une jambe, remonte le drap et m'efforce de ne pas y prêter attention. Mais dans ces ondes sonores, je reconnais soudain le timbre rauque, vif et désespéré de mon chien.

Je me lève, jette ma couverture par terre, me penche à la fenêtre et l'aperçois en bas.

C'est bien lui.

Jonathan aboie comme un fou. Il bondit, griffe l'asphalte, sa queue frétille.

Je me pince pour être sûr que je ne rêve pas.

Tout doucement, pour ne pas réveiller ma mère, je prends mes clés et descends dans la nuit ; quand je passe devant la porte de sa chambre, il est près de trois heures du matin.

Jonathan gratte la porte de l'immeuble, il semble prêt à l'enfoncer. J'ouvre et me jette sur lui avant qu'il me renverse, j'attrape ses oreilles, l'oblige à me regarder dans les yeux ; je m'attends à recevoir un coup de langue sur le visage, comme il a l'habitude de faire chaque fois qu'on se retrouve, mais il ne me lèche pas.

Je le caresse à la jointure des pattes, comme il aime, je tâte ses côtes pour m'assurer qu'il n'a pas été battu, fouille ses poils pour vérifier qu'il n'a pas de tiques. Il est très maigre, n'a sans doute rien mangé depuis longtemps.

« Je vais te chercher un bout de pain, attends-moi ici. »

Je m'apprête à remonter, mais il aboie de plus belle et manque d'ameuter tout le quartier. Je lui ordonne de se taire, l'index posé sur ma bouche, je tente à nouveau d'aller lui chercher à manger et alors, il fait une chose inédite : il me mord le mollet. Ce n'est pas une morsure agressive, il n'y a presque pas de pression dans sa mâchoire. C'est juste un signe, un message, que malheureusement je peine à déchiffrer. À l'évidence, Jonathan ne veut pas que je monte. Je me penche vers lui, j'essaie de l'amener à se coucher sur le dos pour lui caresser le ventre, un rituel qu'il apprécie au point de faire le mort avec les pattes en l'air ; mais dès que ma main l'accompagne vers le sol, il aboie plus fort. Peut-être qu'il a mal, qu'il s'est fracturé quelque chose ? Je tente encore de le caresser, mais il saute et s'éloigne de quelques mètres, puis me regarde en inclinant la tête comme pour dire : « Viens, suis-moi. »

Et je le suis, parce que je ne veux plus le perdre.

Je n'ai jamais vu Brancaccio au cœur de la nuit. Mon quartier m'apparaît monstrueux et enchanteur. La lueur des lampadaires auréolée de mouches laisse deviner l'herbe verte entre les voies ferrées, les draps blancs sur le noir du ciel. Un grillon stridule dans les broussailles, l'enseigne cassée de la *putìa* émet un crépitement hésitant, dans les rues désertes s'engouffre la mélodie de la mer.

Jonathan trotte.

Ses griffes cliquettent sur l'asphalte, il flaire l'urine évaporée des autres chiens. Souvent, il se retourne et jappe pour m'encourager à accélérer le pas.

Nous passons largo Buozzi, puis corso dei Mille, traversons un terrain vague jonché de détritus et de bris de carrelages. Tout à coup, il se met à courir, je l'appelle, le suis comme je peux.

Une grande flaque nous empêche de continuer, Jonathan la renifle, boit l'eau marron : puis il aboie de plus belle. Il traverse le premier et m'attend. Mes chaussures s'imbibent d'une boue douteuse, mais ce n'est pas ma préoccupation : je me demande ce que mon chien a en tête, où il veut m'emmener.

Puis nous arrivons au pied d'un amas de ronces et d'ordures qui nous empêche de voir au-delà : Jonathan contourne l'obstacle, je me serre contre lui car cet endroit me fait peur. Je retire quelques brindilles accrochées à ses poils. Nous foulons un tapis de plastique et de feuilles sèches, quand soudain, je comprends où il va.

Dans l'immeuble abandonné de la via Corleone, celui du clochard mort et de la femme estropiée.

« Non, allons-nous-en ! »

Jonathan fait quelques mètres, indifférent à mon injonction. Il grogne, montre les dents.

« Viens ici, je te dis ! »

Il se dirige vers le bâtiment, la queue droite pour canaliser sa tension, il abaisse le grillage défoncé avec ses pattes avant. Je le rejoins.

Les murs noircis sont de plus en plus proches, le lierre en a rongé la chaux, laissant apparaître par endroits l'acier rouillé de la structure. Deux voitures sont garées devant.

Il doit y avoir quelqu'un à l'intérieur.

Nous entrons par une porte secondaire déglinguée.

Au sol, des gravats et des résidus de carton, dans l'air, une odeur de ciment moisi, au-dessus de nos têtes, un plafond délabré et fissuré qui semble prêt à s'effondrer, au loin, l'écho d'une voix.

Je suis terrifié, je voudrais prendre mes jambes à mon cou et fuir avec mon chien, mais je sais qu'il ne m'a pas amené ici sans raison.

Nous contournons un pilier éventré par son ossature de fer, suivons l'unique source de lumière provenant de l'entrée principale, et sous nos yeux un cauchemar se matérialise, une vision d'horreur qui restera à jamais gravée dans mon esprit : ma mère étendue sur le sol, entourée de deux hommes et d'une femme.

À cet instant, j'ai l'impression que des ondes d'uranium irradient, annihilant toute pensée.

Une crampe me tord l'estomac, le sang quitte mon cerveau. Je tente en vain de crier, j'ai besoin d'air. Je voudrais me jeter sur ces criminels, mais un sentiment d'absurdité me paralyse, me contraint à l'inertie et concentre dans mon ventre une vague de bile qui ronge, qui creuse.

Nous sommes dans le hall, une dizaine de mètres nous séparent. Jonathan est figé – le calme avant l'explosion de la poudre à canon.

Ils ne nous voient pas. Je sais qui ils sont.

Ce sont ceux dont a parlé Mme Marchese, les briseurs d'os qui vivent de la misère des autres, ces assassins qui mutilent les désespérés pour empocher l'argent des assurances. Ma mère s'est tournée vers eux pour tenter de gagner quelques sous ; elle a dû sortir la nuit pour se livrer à cette folie.

La femme est sans doute l'anesthésiste ; maman a l'air groggy. Les deux hommes doivent se charger des mutilations : je reconnais Tano, *Manu pisanti*, l'oncle de Totò, qui gère les courses de chevaux illégales ; l'autre, avec ses bottes en caoutchouc, c'est celui qui surveillait le clochard mort.

Ils n'ont toujours pas remarqué notre présence. La femme ouvre une valise vide, le type aux bottes en caoutchouc la remplit de pierres et de gravats. Quand elle est pleine, il la ferme et la passe à Tano, qui la soulève en s'aidant de son genou, puis la suspend au-dessus des jambes de ma mère. Tout est prêt : il ne reste qu'à laisser tomber le poids, pour lui rompre les os. Cette vision insoutenable ramène l'air dans mon corps. Je suis tétanisé de peur, mais j'ai retrouvé ma voix.

Je hurle toute ma fureur.

Tano repose la valise par terre, la femme se tourne, pas ma mère qui somnole. Jonathan comprend que c'est un signal : il s'ébroue et se jette sur lui avec la fougue d'un taureau.

Jonathan attaque *Manu pisanti*, l'homme aux bottes en caoutchouc lui flanque un coup de pied, mais ça ne l'arrête pas, au contraire : il se dresse sur ses pattes arrière, tend le cou, mord la main du bourreau parce qu'il sait qu'on combat le mal à sa source. Je retrouve peu à peu la maîtrise de mon corps, fais quelques pas en titubant, m'approche d'eux. Je continue à crier. Tano se démène : de sa main libre, il frappe mon chien sur le museau, mais Jonathan ne lâche pas prise. En me voyant approcher, la femme effrayée les exhorte à fuir, elle court vers la sortie. L'autre type la suit, Tano parvient à se libérer d'un violent coup de poing et les rejoint.

Je saisis ma mère par la nuque, la secoue en l'appelant deux fois. Elle ne répond pas, la tête pendante, un filet de salive sur le menton. J'approche mes doigts de ses lèvres, je sens son souffle, passe une main sur son front. Jonathan nous regarde. Le museau en sang, il lèche ses blessures.

« À l'aide ! »

Ma voix résonne dans le bâtiment, se propage à travers les plafonds fissurés, enfle dans un écho démultiplié. Je tâte son poignet, cherche son pouls : je compte quelques battements, certains m'échappent, d'autres cognent, sursauts désespérés.

Dehors, la ville dort, la lune décline, seuls nous atteignent les rares reflets de quelques phares.

J'humecte ses lèvres avec ma salive et tente un bouche-à-bouche. Je pose mon oreille contre sa poitrine, ma tête accompagne ses mouvements, je compte les secondes entre chaque soupir. « Grand-père, aide-moi », je murmure.

Je déchire le col de son pull, relève ses jambes. Elle ouvre la bouche, sa langue tâte son palais, puis retombe. Ses cheveux sont collés à ses tempes, la sueur perle autour de ses lèvres.

« Sainte Rosalie, aidez-moi, pitié ! »

En soutenant sa nuque du bout des doigts, je ramène les mèches rebelles derrière ses oreilles. Puis j'appelle Jonathan, lui demande de rester près d'elle pour la réchauffer comme le bœuf de la crèche. Il s'approche, lèche ses joues, puis me regarde à l'affût de nouvelles indications.

Nous restons suspendus ainsi, sans autre ressource. Je change ma prise, car mon bras fatigue.

Sur le sol, un spectacle désolé : des pierres, des fragments de carrelage, l'emballage d'une seringue, un garrot hémostatique. Je ne veux pas qu'elle reprenne connaissance au milieu de ces immondices, là où l'homme a révélé sa nature infâme ; je dois l'emmener ailleurs mais n'en ai pas la force.

Je la serre contre moi, lui chante sa chanson préférée de Gigi d'Alessio. Un frémissement de sourcil, un spasme, une contraction des épaules. Mais elle tousse, s'étouffe.

Je la remets dans sa position initiale, la dépose avec une délicatesse infinie, tiens sa tête. La quinte redouble. La peur des services sociaux m'empêche d'appeler les secours. Je vais attendre qu'elle se réveille et la ramènerai à la maison, coûte que coûte.

Il n'y a personne à la ronde, on n'entend rien, juste le silence qui avale l'écho de ma voix.

Je caresse son front, souffle sur son nez, la crise est passée, mais sa respiration lourde laisse deviner qu'il y en aura une autre, peut-être plus grave. Le sang bat dans mes oreilles, j'ai peur de m'évanouir au moment fatidique, je ne pourrais pas me le pardonner.

Je dis à Jonathan de rester là, je lui montre du doigt celle que je confie à sa garde, notre mère qui va si mal.

Dehors, j'enjambe le muret, me plante au milieu de la via Corleone et ouvre les bras comme Jésus sur sa croix. Brancaccio me renvoie son béton misérable et indifférent, accueille mon angoisse dans ses cals incrustés de sel et d'ordures, me crache au visage son haleine âcre de voies ferrées et de linge étendu.

Je marche pour ne pas devenir fou, scrute l'horizon en quête d'une présence humaine, l'immeuble abandonné est mon seul point de repère.

En cinq minutes, trois voitures passent. Le premier conducteur tourne dans une autre rue sans me voir ; le deuxième m'aperçoit et prend peur ; le troisième freine et se range, vitre baissée.

Depuis ses toits, Palerme est une rose sauvage sans épines.

Les montagnes qui l'entourent sont les pétales protégeant les habitants ; le clocher de la cathédrale, le pistil barbouillé de pollen ; le centre historique délabré, l'utérus où les familles naissent et restent pour toujours.

Depuis ses toits, Palerme, c'est la paix après la guerre.

Les hirondelles volent, des vers dans leur bec, les palmiers chatouillent le ciel, la baie évoque l'étreinte accordée à quelqu'un qu'on a d'abord haï.

Je suis sur le toit de ce palais abandonné, et je ne veux pas descendre.

Ç'a été un jeu d'enfant d'escalader les grilles pour arriver là, l'important est de ne pas regarder en bas.

C'est la clé, ici comme dans la vie. Pendant cette ascension sans fin, il ne faut jamais regarder en bas. Sinon, on ne voit que les erreurs, les manquements, l'irréparable, les fautes, les absences, les ombres qui tourmentent. En regardant en bas, on ne voit que la peur.

Il n'y a que moi, la mer au loin et les toits.

Le soleil m'apaise, m'aveugle, efface le froid du vent marin.

Je trouve enfin une position confortable, allongé, la nuque calée sur une tuile. Un rayon puissant traverse ma paupière close, me révèle une obscurité lumineuse.

J'ouvre les yeux et suis assailli par une coulée bleue dans laquelle je cherche une géométrie, un sens. Mais il n'y en a pas. Pas de sens à l'infini, pas de sens à la vie, et peut-être pas même à la pensée qui, pourtant, nous tourmente.

Brûlant de soleil, je goûte les fruits que j'ai achetés au marché de Ballarò, les savoure en regardant ma ville ; je la regarde et lui dis qu'elle me répugne et que je l'aime.

Avant de monter, j'ai lancé au marchand : « *Mi rassi 'a frutta chiù duci* ? », alors il m'a répondu fièrement que ses fruits étaient les plus sucrés du marché, avant de me mettre entre les mains un sachet en papier rempli de merveilles.

Je l'ouvre ici, sur les toits de ma ville. J'y plonge ma main, sors une nèfle et deux cerises. En Sicile, on dit « *cirasa* », plus proche du latin.

Je me lève religieusement, me tourne vers la mer comme certains vers La Mecque et déguste mes *cirase*. Puis je fais un jeu qui m'amuse beaucoup : je crache le noyau en direction de mon pied droit et contracte le mollet de toutes mes forces pour le dégager, comme un ballon de foot.

Peu m'importe où ils vont.

S'ils finissent par terre, ils donneront des arbres.

Maman est morte le 13 mai à quatre heures vingt du matin. Un infarctus. Son cœur a explosé à quarante-six ans.

Elle n'a même pas eu le temps d'arriver à l'hôpital, elle est morte dans l'ambulance, entre les mains d'une infirmière et les ballons d'oxygène.

Ce n'est pas la dépression qui l'a tuée, ni mon père, ni tous les ennuis qu'il lui a causés. Ce n'est pas la misère, et ce ne sont pas les briseurs d'os auxquels elle avait cédé son corps contre un peu d'argent pour prouver aux services sociaux qu'elle pouvait assumer les dépenses de notre foyer.

Ce qui l'a tuée, c'est la nouvelle séparation qu'allait nous imposer le juge.

À l'enterrement, il n'y a personne à part Mme Marchese et quelques agents de l'assistance publique. Aucun de mes camarades du lycée, aucun de mes profs. Même mon bandit de père n'a pas daigné mettre son orgueil de côté pour m'écrire une ligne. Absent également, Jonathan, déclassé pour de bon du statut de frère à celui de demi-frère.

Un prêtre blafard lit une page de la Bible qu'il ne comprend pas lui-même, répète des formules vides de sens, prétend que la mort est la volonté de Dieu.

Puis une voiture longue et rutilante nous invite à la suivre corso dei Mille sur une centaine de mètres, tandis que les autres véhicules klaxonnent, ou nous dépassent en crachant leurs gaz toxiques. C'est notre cortège funèbre, notre ultime occasion de saluer la défunte. Sur le trajet, nous récitons la prière du Repos éternel.

Je ne suis pas en colère contre le prêtre apathique, ni contre le croque-mort malhonnête, ou cette organisation misérable. Je suis fatigué, j'ai épuisé mon énergie dans une guerre soldée de la pire des manières. J'ai juste envie d'être seul, loin de cette cérémonie grotesque.

Le corbillard fait demi-tour, un marteau-piqueur s'acharne contre l'asphalte, le prêtre marmonne une autre aberration liturgique : c'en est trop. Je me cache entre deux voitures et m'enfuis. C'est le seul moyen de ne pas devenir fou.

Je connais Brancaccio comme ma poche. J'emprunte les rues les plus secrètes, rase les murs, traverse des terrains vagues. Je rejoins la mer. C'est là que j'ai envie d'être, c'est l'odeur que je veux sentir.

Au diable les rituels absurdes, au diable ceux qui feignent la compassion et dont les yeux trahissent l'indifférence.

J'avance sur le rivage, j'évite les langues d'eau qui s'évaporent sur le sable. Une vague mouille mes chaussures, mes semelles sont trempées ; peu importe. Je cours à perdre haleine, à faire exploser mon cœur : je pousse sur mes pieds, tire sur mes bras, soulève des nuages d'écume.

Je tombe.

Je me relève.

À quelques mètres, il y a une décharge sauvage. Je m'approche. De vieux meubles sont amassés là, sans doute le contenu d'une chambre à coucher abandonné lors d'un déménagement. J'aperçois trois gars de mon âge qui fouillent à la recherche de bricoles à sauver. Dès qu'ils me voient, ils s'empressent de ramasser les objets les plus précieux, mais ils n'ont rien à craindre, je n'ai pas l'intention de récupérer quoi que ce soit, je veux juste casser.

Je grimpe au sommet de cette colline d'immondices et m'acharne sur un cadre de lit. J'arrache une planche et ses charnières rouillées. Je la brandis tel un sabre ébréché, à deux mains pour ne pas trembler ; je fends l'air, les nuages, le soleil ; puis mes pensées, mes remords, ma culpabilité ; et enfin mon grand-père Rosario, mon frère, mon père, tous ceux qui n'ont rien fait. Tandis que je me démène, les trois gars reculent avec leurs trésors, ils ont peur, me demandent ce que j'ai avant de détaler en criant que je suis fou. Une fois seul, je balance mon bout de bois contre la porte d'une armoire. Je saute dessus, l'éventre, la piétine, mais ça ne me suffit pas. Je m'accroupis et mes poings prennent le relais. Au premier coup, ils rougissent ; au deuxième, au troisième et au quatrième, ils se couvrent de bleus ; au cinquième, ils saignent, et le sang gicle sur le bois défoncé.

La douleur est à présent sur mes mains. Elle n'est plus en moi, je l'ai vomie seul, sans personne pour me tenir le front.

Ma nouvelle famille d'accueil est une véritable usine. Dans la première, nous n'étions que trois pensionnaires, dans celle-ci, nous sommes six : seize mille euros net par mois, au bas mot.

Mais plus rien ne m'étonne désormais, je grandis et m'habitue à la médiocrité de l'âme humaine ; grandir, c'est devenir comme eux.

L'appartement se trouve au bord de l'autoroute, à huit kilomètres de la ville, et cet isolement renforce l'impression de vivre dans une prison ; imaginons que je parvienne à m'échapper, j'ai deux possibilités : me cacher dans l'aride campagne palermitaine, ou m'aventurer sur les voies de l'A20 et me faire écrabouiller par un camion.

Là aussi, il y a des horaires stricts à respecter, là aussi, il est interdit d'utiliser l'ordinateur, là aussi, les membres de la famille nous regardent comme des criminels dont il faut se méfier.

Comme nous sommes six, il leur est impossible de me surveiller en permanence et ils finissent par avaler les mensonges les plus improbables. Ils croient ainsi à mon alibi des cours de soutien au lycée qui me permet de rentrer plus tard l'après-midi, de traîner un peu en ville, de jouer au foot contre un mur, ou de grimper sur les toits comme une araignée.

Les autres hôtes peuvent être tranquilles : je ne tiens pas à leur parler, encore moins à les influencer. Je ne veux pas de nouveaux amis, je ne suis pas prêt à recréer des liens avec le monde extérieur, j'ai sur les épaules une montagne de douleur. J'ai juste besoin de me distraire.

Seulement c'est impossible.

Les pensées attendent toujours la nuit pour nous assaillir. Elles guettent les moments de solitude pour nous convaincre qu'on est beaucoup plus seul qu'on l'imagine.

Je revois ma mère aux fourneaux. Je l'entends s'affairer dans la maison qui est son royaume. Je perçois l'odeur de ses cheveux à peine lavés, le froid qui entre quand elle étend le linge, le frottement du balai sur le carrelage. Je me demande si j'ai été un bon fils, si ce qui est arrivé n'est pas aussi ma faute.

Des bruits lancinants me parviennent de l'extérieur. La bouche d'aération transforme les vibrations des moteurs lancés sur l'autoroute en rugissements de monstres ; ceux des camions me réveillent et me donnent des sueurs froides.

Je m'assieds sur mon lit, serre mon visage entre mes mains pour ne pas devenir fou. Je comprends maintenant ce qu'est l'angoisse : hurler sans voix, d'une voix muette, dans sa tête.

Mon frère ne veut pas me voir ni entendre parler de moi. Il m'a éliminé de sa vie avant même que je puisse y entrer.

Notre dernière rencontre, lors du match où je l'ai agressé parce qu'il m'ignorait, a été décisive. C'est Pappalardo qui m'en avertit, avec son tact habituel. Il me demande de rester quelques minutes à la fin du cours.

« Tu dois laisser ton demi-frère tranquille.

– Mais...

– Y a pas de mais, Rosario, m'oblige pas à convoquer un nouveau conseil de discipline. »

Ce ne sera pas la peine. Si Pappalardo me laissait finir, il comprendrait que mon « mais » n'est pas une protestation. Je veux juste lui demander pourquoi il me parle de mon *demi-frère* ? J'ai bien d'autres choses en tête en ce moment.

« M'sieur, juste une chose.

– Je t'écoute.

– Je veux plus être le gardien de l'équipe du lycée.

– Pourquoi ?

– J'ai plus envie de jouer, je suis fatigué. J'en ai marre du foot. »

Être gardien signifie défendre une cause, nourrir l'espoir d'arriver au moins à l'égalisation, penser que rien n'est jamais perdu. Voilà la phrase qui incarne l'esprit du gardien : rien n'est jamais perdu. C'est pour cette raison précise que je ne veux plus être dans les buts, parce que je sens, au contraire, que tout est perdu, qu'il n'y a plus rien à faire. J'ai échoué sur tous les plans et, logiquement, je n'ai plus qu'à abandonner.

Tandis que je rumine les paroles de Pappalardo : *tu dois le laisser tranquille, tu dois le laisser tranquille, demi-frère, demi-frère, conseil de discipline...*, j'ai le sentiment d'être un perdant, j'éprouve ce soulagement doux et mou qu'offre la reddition quand elle murmure aux oreilles des vaincus qu'ils ont fait leur possible face à plus fort qu'eux, que ce n'est pas leur faute. Je me demande si perdre sert à quelque chose, s'il existe une éthique de la défaite. La vie m'a montré que résister ne sert à rien sinon à régler ses comptes avec sa conscience, la nuit avant de s'endormir.

Ce jour-là, pour boucher un trou dans notre emploi du temps, on nous envoie un nouveau prof de philo, un de ces suppléants qui n'ont pas de poste fixe et ne travaillent qu'un mois par an, un de ceux qu'on n'écoute pas, justement parce qu'ils sont de passage : un certain M. Battaglia.

Pour nous calmer, M. Battaglia nous donne la consigne suivante : « Écrivez un dialogue imaginaire dans lequel vous expliquez de manière simple à votre frère ou votre sœur la théorie de la connaissance de Kant. »

Mes camarades n'ont pas encore leur plan que j'ai déjà fini. Je rejoins l'estrade et jette sous le nez du prof une copie au milieu de laquelle campent en lettres majuscules les mots « JE SUIS FILS UNIQUE ». Puis, entre colère et frustration, je quitte la salle en claquant la porte.

J'arpente le couloir frénétiquement, je me prépare à un énième avertissement. Mais M. Battaglia sort de la classe et me fait signe de l'accompagner dans la cour pour boire un café. Son impassibilité m'apaise, sa réaction dénuée d'animosité me met à l'aise.

M. Battaglia n'attend pas d'excuses. Il s'adosse simplement au mur et, entre deux bouffées de cigarette, me glisse que, plus jeune, il était comme moi.

« J'en voulais à la terre entière et je cognais à tout va.

– Pourquoi ?

– Parce que j'accumulais la colère et n'étais pas capable de l'évacuer.

– Et après, comment vous avez fait ?

– J'ai découvert la philosophie.

– Ah oui, et ça vous a servi ? »

M. Battaglia hausse les épaules, il fait un geste de la main et ébauche un sourire nerveux.

« J'ai compris qu'on a peu de temps pour aimer. »

Sur ces mots, il jette sa cigarette et l'écrase sous son pied. Puis il m'ébouriffe les cheveux et nous rentrons.

Je reprends ma copie et imagine un dialogue avec l'autre Jonathan, mon chien.

Ma nouvelle famille d'accueil ne me donne pas d'argent de poche, au prétexte que je risque de m'en servir pour m'acheter des cigarettes. Mais elle n'en donne pas aux autres non plus, et pour chacun, il y a une excuse différente.

Évidemment, ce sont les services sociaux qui ont conseillé au juge de me confier à la Casa Petalosa. Évidemment, le père responsable de la structure connaît très bien les psys ; je le constate au ton familier de leurs échanges téléphoniques, quand, après avoir parlé de moi quelques minutes, ils passent des heures sur des sujets personnels comme de vieux camarades d'école.

Le jour du devoir sur Kant, Giuseppe – le responsable de la Casa Petalosa – me tire l'oreille parce que je lui ai mal parlé. Il me rappelle qu'en tant que pensionnaire, je lui dois le respect, car sans lui, je serais à la rue.

« Oui, mais toi, sans nos malheurs, tu serais pas aussi riche. »

Il me fixe avec l'hébétude de celui qui est pris la main dans le sac. Il se défend, sans grande conviction : « Répète un peu, si tu en as le courage. »

Je n'ai plus rien à perdre, alors le courage, je le trouve.

« Combien tu gagnes grâce à moi ?

– Pardon ?

– Et grâce à lui ?

– Comment oses-tu ?

– Et grâce à elle ? »

Giuseppe écarte les autres pensionnaires, empoigne mon tee-shirt et me secoue. J'essaie de me dégager en vain, il est plus costaud que moi. Devant tout le monde, il tord la bouche en une grimace rageuse, saisit mes poignets avec sa main gauche et me flanque une gifle du revers de sa main droite. Je n'ai pas mal, je ne suis pas étourdi, je ne saigne pas, mais au fond de moi, je suis blessé à mort parce que jamais jusque-là un adulte autre que mon père ne m'a giflé.

À cet instant, je comprends ce que signifie être orphelin.

Je m'enferme dans la salle de bains et me regarde dans le miroir, je parcours de mon index la marque de ces doigts étrangers sur mon visage. Je sanglote sans verser de larmes, en scandant avec ma poitrine la mesure de la honte. Je rejoins mon lit, cherche dans un soupir la douceur de la reddition et remonte le drap sur mes yeux pour me protéger : ma dernière tranchée.

Au même moment, les briseurs d'os sont arrêtés. Tous les journaux en parlent.

Après les sombres affaires de la via Corleone, la police a assemblé les pièces du puzzle. Cette brigade de l'horreur comptait quatorze membres au total : *Manu pisanti* et son complice, un certain Genny Macaluso (le type aux bottes en caoutchouc), une infirmière de la Polyclinique qui volait les anesthésiques, quatre hommes de main chargés entre autres de faire le guet et de surveiller les victimes, deux médecins référents, deux avocats et trois taupes dans des compagnies d'assurances. Tous arrêtés.

Mais qui paiera pour tout le mal commis ? Qui sera sacrifié sur l'autel de la justice, avant que ces crimes infâmes tombent aux oubliettes ? Les victimes. Uniquement les victimes.

Je sors du lycée. À l'angle, j'aperçois le 731, je cours pour l'attraper. Je monte, toujours sans billet, j'ai peu d'arrêts.

Le 731 est un bus magnifique, peut-être le plus beau qui ait jamais existé. Il est complètement déglingué, crache une fumée dense, sa carrosserie est noircie, mais surtout, il dessert le quartier de Vergine Maria, où se trouvent les plages et le cimetière de Palerme. À l'intérieur se mêlent les passagers en tongs qui vont se baigner et ceux qui vont déposer des fleurs sur la tombe de leurs parents. Un contraste poignant, ni beau ni laid, mais qui rappelle combien la vie est cruelle.

Je descends, une voiture me frôle, j'entre dans le cimetière de Santa Maria dei Rotoli.

Ma mère est dans la quatrième allée à droite. Pour le moment, on lui a donné la place de sa tante Carmela, après on verra. La photo choisie ne me plaît pas, elle semble décoiffée et on voit les poils de son grain de beauté. Je l'essuie avec mon tee-shirt humecté de salive ; elle est jolie quand même. À côté, il y a une fleur artificielle. Elle n'aimait pas ça. Je regarde autour, vole un tournesol, puis je me sens coupable et le remets à sa place.

Un pigeon se pose sur la pierre, je le chasse. Personne ne doit salir cet endroit. Puis arrive un monsieur qui parle fort au téléphone : je le fixe sévèrement et fais semblant de prier pour qu'il comprenne qu'il doit s'en aller.

En réalité, je ne prie pas, parce que je ne crois plus en Dieu, parce que prier ne sert à rien.

J'ai besoin d'argent. Au prix d'un énième mensonge, je file à Brancaccio.

Au bout du corso dei Mille, je me dirige vers le discount pour retourner travailler comme avant, en portant les courses des clients. Cela fait très longtemps que je n'ai pas gagné un peu d'argent, depuis mon placement dans ma première famille d'accueil précisément.

Je n'ai pas honte de ce travail que je me suis inventé moins par défaut que par nécessité. Je suis honnête, je propose un service, je ne vole rien à personne.

Dès que j'arrive, la caissière me reconnaît. Elle me sourit, me demande même comment je vais, puis elle me dit de rester où je suis, d'attendre que les clients se manifestent, sans les solliciter.

Le premier est un petit vieux qui n'arrive pas à porter ses bouteilles d'eau. Je les dépose dans le coffre de sa voiture, avec ses autres sacs, et lui ouvre sa portière. Il me donne quarante centimes. Le deuxième est à pied. Il me demande de porter ses courses jusque chez lui, à cinq minutes. Cinquante centimes.

En revenant, j'aperçois Totò devant le supermarché ; quelqu'un a dû l'informer de ma présence.

Il me fait signe d'approcher et me dit : « T'es pas au courant ? » Je réponds non ; je ne sais pas de quoi il parle et ne veux pas entrer dans son jeu.

Il enchaîne.

« Ça, maintenant, c'est le boulot de Mimmo, *me cucino.* »

J'ignorais effectivement que son cousin faisait ce travail, mais je m'en fiche : pour l'instant, il n'est pas là, donc je ne le dérange pas.

« *Vattinni.*

– Non, je reste.

– Ah ouais ?

– J'ai peur de rien ni de personne. »

Totò sort de sa poche un téléphone trafiqué et appelle son cousin.

« J'te préviens, il fait deux fois ta taille », me dit-il, et il s'en va.

Je fais semblant de ne pas comprendre et me remets au travail.

J'aide deux dames avec leur bébé, un vieux en fauteuil roulant et un infirme. Je récolte deux euros supplémentaires. À cinq euros j'arrête. Encore deux heures maximum.

Seulement, au bout de dix minutes, le fameux Mimmo, cousin de Totò, se pointe.

Il fait deux fois ma taille, ses bras sont couverts de tatouage, il fume une cigarette.

« Qu'est-ce que tu fous là ?

– Je travaille.

– Ici, c'est mon territoire et celui de Totò, *t'inna ghiri.*

– *Iu un m'ìnni vaiu*, c'est mon quartier aussi. »

Mimmo ne me laisse pas terminer ma phrase : il attrape mon tee-shirt, me tire vers lui et m'assène un coup de tête sur le nez.

Je m'écroule, lèche le sang sur mes dents ; c'est rien qu'une petite coupure, dans trois jours, tout aura disparu.

Je me lève, le cherche du regard et protège mon visage, alors Mimmo met ses mains autour de mon cou pour m'étrangler. Je n'arrive plus à parler ni à respirer, je tente de desserrer sa prise, mais il est trop fort. Il me dit : « Chut ». Il répète : « Chut, tais-toi. » L'air n'entre pas, l'air ne sort pas, je deviens rouge, violet sans doute, les passants ne font pas attention à nous. Dans un effort surhumain, je parviens à articuler un mot, un seul : « *Thánatos* », la mort, pour dire comme les Grecs que je préfère mourir plutôt qu'être privé de ma liberté.

« Quoi ? T'en veux encore ?

– *Thánatos...* »

Mes cris gutturaux arrivent jusqu'au supermarché, attirant l'attention des clients. La caissière sort et lance à Mimmo : « *Làssalu*, lâche-le ! » Il desserre sa prise et je tombe, à bout de forces.

Je finis par me relever et m'éloigner. Je saigne encore et siffle entre mes dents « *eleftheria í thánatos, eleftheria í thánatos* ».

Fut un temps où les Grecs étaient esclaves. Les Turcs ottomans les avaient envahis et les retenaient prisonniers. Après cinq siècles d'oppression, les Grecs engagèrent une terrible guerre pour leur libération. Tous participèrent au combat : les marins, les boiteux, les laitiers, les poissonniers ; les poètes italiens et anglais rejoignirent aussi le front. Tous animés par une devise magnifique : « *Eleftheria í thánatos* », c'est-à-dire « La liberté ou la mort », grâce à laquelle ils vainquirent.

À Brancaccio, on trouve trois types de fleurs.

Il y a le chardon laiteux, blanc et violet, urticant, qui pousse sur les terrains vagues ; si on le touche, on se gratte pendant une demi-heure. Il y a l'oxalis pied-de-chèvre qui pousse près des mandariniers et qu'on appelle en dialecte *àiru e duci*, « aigre-douce », parce que sa tige a une saveur amère et sucrée. La dernière, la plus belle et la plus parfumée, est la *zagara* : la fleur d'oranger, qui apparaît au printemps sur les agrumes.

Quand la *zagara* meurt, naît le fruit. Ainsi va la vie.

Piazza Indipendenza, on trouve le meilleur fleuriste de la ville.

J'y vais. J'attends mon tour derrière le comptoir. Je regarde autour de moi, chasse les moustiques qui assaillent mes chevilles, lis les noms latins des plantes grasses.

« Je voudrais deux euros quatre-vingt-dix de *zagara.* »

Le fleuriste éclate de rire, demande à sa femme d'où je sors avant de m'expliquer que ces fleurs n'ont pas le temps d'arriver sur ses étalages parce que les abeilles n'en font qu'une bouchée.

« Alors donnez-moi deux euros quatre-vingt-dix d'*àiru e duci.* »

L'homme rit de plus belle et me demande si je vais bien. Contrarié, je lui dis au revoir et m'en vais.

Il me court après : « Reviens, jeune homme ! »

Nous parlons un peu. Il s'excuse, il ne voulait pas me vexer, il a été pris de court. Il me demande de quel quartier je viens, quel âge j'ai et pourquoi je cherche ces fleurs-là. Je lui raconte tout et il ne rit plus : il me donne d'autres fleurs plus adaptées, même si je n'ai pas assez d'argent ; il me laisse choisir les couleurs, les enveloppe dans du papier d'aluminium et du film transparent.

Quand j'arrive au cimetière, le portail est fermé pour travaux exceptionnels.

Je ne peux pas faire demi-tour, j'ai mis deux heures pour arriver jusqu'ici.

J'escalade la grille rouillée, le bouquet entre mes dents. Au sommet, je parviens à distinguer entre les cyprès la géométrie précise des allées du cimetière, traduisant cette volonté très humaine d'imposer un ordre rationnel au monde de l'au-delà, pourtant absurde et imprévisible ; moi, je pense qu'au lieu de s'efforcer de donner à la mort un semblant d'harmonie consolatrice, l'homme devrait se rappeler chaque jour qu'il est microscopique et qu'un fil invisible le rattache à la vie.

Je saute de mon mieux, j'atterris accroupi pour amortir le choc : le papier autour du bouquet se déchire, quelques tiges se tordent, je remets tout en place.

Une fois devant la tombe de ma mère, je m'aperçois que c'est la seule où il n'y a rien, même plus les fleurs artificielles que le vent a dû emporter. Les autres défunts ont droit à des marbres luisants, des plantes verdoyantes et des bougies toutes neuves ; la tombe de maman est mal en point : je suis sans doute le seul à venir, et ça me fait presque plaisir, ça me rappelle le temps où nous n'étions que tous les deux à la maison.

Le soleil a chauffé et déformé le vase en métal cuivré ; je lui rends sa forme initiale avec mes doigts. Les pluies ont terni le marbre ; je le frotte avec un mouchoir. Enfin, je remplace l'eau croupie par de l'eau fraîche, et y mets les fleurs.

Je les trouve magnifiques, on dirait celles des dessins d'enfants accrochés dans les classes. Avec toutes ces couleurs, maman rayonne sur la photo ; elle semble plus jeune, on dirait qu'elle va se mettre à parler, me demander comment je vais.

Le gardien me voit, me crie dessus ; je dois partir. Il me laisse juste le temps de dire une dernière chose à ma mère, en se tournant respectueusement.

Je regarde la tombe.

Je cherche une belle chose à dire.

Une chose rassurante.

« Tout va bien dans ma nouvelle famille d'accueil. »

Je fais un nouveau détour par Brancaccio. En chemin, je jette un œil ici et là, toujours à la recherche de mon chien.

C'est la deuxième fois qu'on me sépare de Jonathan, et c'est la deuxième fois qu'il disparaît. Ceux qui l'ont vu m'ont dit qu'il est resté une semaine devant notre immeuble, puis il a dû partir me chercher ailleurs. Je lui en veux : pourquoi ne m'a-t-il pas attendu ? Je l'aurais retrouvé facilement. A-t-il vraiment cru que je l'avais abandonné ?

Après ma ronde, je passe à la *putìa*, prends un panier à roulettes par habitude : je ne vais pas acheter grand-chose.

Lorsqu'il m'aperçoit, Pino, le *putiàro*, me dit : « Viens voir », puis il me donne une tape sur la nuque et penche la tête vers moi. Une manière de me faire comprendre qu'il sait, qu'il est désolé, que je dois réagir.

Je prends un lumignon Padre Pio, des aiguilles, du fil et un dé à coudre.

Pino ne me fait payer que le lumignon, il m'offre le reste et me redonne une tape sur la nuque. Quand tous les mots semblent sonner faux, à Brancaccio, on se contente de petits gestes affectueux.

En sortant, je me dirige vers le viale dei Picciotti, puis vers la plage.

Avant de me tremper les pieds, je fouille dans un tas d'ordures et récupère un bidon en plastique. Je me cache dans les roseaux entre les immeubles et la plage. Personne ne peut me voir. Accroupi, je scie le bidon en deux avec mon couteau. La partie inférieure ressemble à une petite barque.

J'arrache quelques feuilles de roseau et les dispose sur le fond du bidon pour le rendre plus accueillant. Dans ce nid flottant, je place au centre le lumignon Padre Pio, et sur les côtés, le CD de Gigi d'Alessio, le kit de couture, le brouillon de ma dernière dissertation.

Quand tout est prêt, j'allume la bougie, retire mes chaussures et mets mon radeau à l'eau. Il flotte parfaitement. Les bords assez hauts le protégeront des vagues, la bougie le protégera du froid et de l'obscurité au coucher du soleil.

Je le tiens à deux mains, m'assure qu'il n'y a pas de bateaux de pêcheur à l'horizon susceptibles de le faire chavirer, je compte jusqu'à trois.

À trois, je ne le laisse pas partir.

À quatre, oui.

Puis je fuis à toutes jambes. Je cours comme Pagliuca, comme Rémi, comme Oliver.

Je cours comme pour ne pas rater le bus, mais aucun bus ne m'attend ; je cours comme si quelqu'un me poursuivait, mais personne ne me poursuit.

Je cours apparemment sans but, pourtant j'en ai un : la paroisse de padre Giovanni.

J'arrive devant l'entrée, croise le regard d'un mendiant auquel je dis que je n'ai rien, la grande porte vert-de-gris est fermée.

Je frappe avec mon poing.

« Padre Giovanni ! »

Je donne des coups de pied. Personne ne répond, mais je m'obstine.

Au bout d'une minute, il vient ouvrir. Il me reconnaît, ne me demande pas comment je vais. Il sait.

« Tu veux des pâtes aux haricots ? » me propose-t-il.

Il entre. Je le suis.

Nous mangeons avec d'autres malheureux aux chaussures éculées, récitons une prière avant de commencer ; j'attends des paroles réconfortantes qui ne viennent pas. Nous parlons de Palerme, du quartier de Ballarò, de comment était la ville vingt ans plus tôt. Nous parlons aussi de foot : il s'y connaît.

Après avoir mangé un fruit, il me dit qu'il a à faire, que je peux partir maintenant.

Je l'aime bien, padre Giovanni, parce qu'il est sincère.

Quand il n'y a rien à dire, il ne dit rien. Il n'invente pas de mensonges.

Même si je ne joue plus en équipe, je reste un gardien dans l'âme. Ça se voit aux tics qui m'assaillent durant la journée, comme les pianistes mélomanes qui plaquent des accords dans leur tête même quand on leur parle. Debout, je sens parfois l'appel de la terre et contracte mes muscles, prêt à plonger sur ma droite pour écarter un danger.

Le foot est une métaphore de la vie : les attaquants adverses sont les pièges à éviter et mon besoin de défendre les buts est un moyen de résister, la branche à laquelle me raccrocher pour ne pas sombrer, pour vaincre la mort.

Moins sollicités, mes muscles ont fondu. Envahi de pensées toxiques, mon corps s'est affaibli. J'ai perdu ma souplesse et mon agilité, mais pas mon instinct. L'instinct du gardien ne meurt jamais.

Dans ma chambre à la Casa Petalosa, je parviens à recréer mon univers. Ce n'est pas très difficile. En déplaçant ma table de chevet contre le mur opposé au lit, j'obtiens une ligne de but de presque trois mètres ; on est loin des sept mètres trente-deux d'une cage réglementaire, mais ça me permet de travailler au moins un côté.

Je choisis le droit, mon préféré ; aucun ballon tiré sur ma droite ne m'échappe.

Je me positionne sur cette ligne imaginaire, prêt à parer les tirs les plus puissants et insidieux de mes adversaires.

Je me jette sur le carrelage froid, mes côtes encaissent un choc terrible, je le sens au bruit sourd et à la douleur qui m'oppresse le cerveau, mais je me relève, je ne dois pas avoir peur.

Un autre attaquant se présente. Il veut me dribbler, me prend pour un débutant, alors je glisse talon en avant et le tacle.

Enfin, un coup franc trompeur est tiré du cou-de-pied gauche avec un effet. J'attends le bon moment pour plonger, pour déjouer l'illusion d'optique. Précis comme un aigle, je m'élance, compte les secondes que je passe en l'air et, durant ce temps infime, j'étire mes muscles rouillés malgré mes côtes meurtries. J'écarte le danger et mes poings vont percuter le mur.

« Qu'est-ce que tu fabriques ? Ouvre, crétin ! » me crie Giuseppe derrière la porte.

J'obéis. Je suis en sueur, mes mains sont rouges.

« C'est quoi ce cirque ? »

Sans répondre, je le regarde avec indifférence, car pour moi, il n'est rien ni personne.

« Tu arrêtes ça tout de suite, sinon…

– Sinon quoi ? »

Giuseppe doit voir le diable dans mes yeux parce qu'il blêmit et s'en va.

Le fait que ma mère soit morte un mois avant le conseil de classe du mois de juin lui a épargné une douleur infinie : la nouvelle de mon redoublement. Je n'aurais pas eu le courage de lui annoncer un tel échec, ça lui aurait brisé le cœur.

Elle y aurait vu une énième preuve que le destin s'acharnait contre notre famille, une malédiction contre laquelle j'incarnais l'ultime rempart.

De mon côté, je ne suis pas surpris. Devant le lycée, je regarde les listes par acquit de conscience, mais je sais ce qu'il en est. Le résultat est là, en caractères gras : « NON ADMIS ».

Je le savais, mais c'est douloureux quand même, et humiliant.

Ça signifie que je n'ai rien appris, or j'ai le sentiment que c'est tout le contraire, que les sujets, les œuvres et les auteurs étudiés ont également changé ma vie.

Je hausse les épaules, déchire la liste et profère les pires anathèmes contre cette engeance de professeurs incarnée par Mme Vallone, et contre mes camarades qui ne m'ont pas dit un mot et s'organisent pour fêter leur réussite.

Dans le bus, en rentrant, je ressasse ce résultat. Le sens de cette sévère mesure m'échappe, alors je m'efforce de trouver des responsables : les profs, l'autoritarisme militaire de l'école, l'ingérence des services sociaux.

Mais à la fin, il n'y a qu'un seul coupable. Mon père.

Je ne suis pas d'humeur à me promener, je préfère regagner directement ma maison-caserne.

J'avale un morceau de pain en vitesse, pressé d'aller me réfugier dans ma chambre-cellule sans devoir répondre à d'éventuelles questions. J'essaie de lire un chapitre d'*Oliver Twist*, mais referme aussitôt le livre car l'identification à mon héros a un goût amer.

Je m'endors tout habillé tandis que les rugissements de l'autoroute filtrent à travers la bouche d'aération.

Je suis réveillé au bout d'une heure à peine par Giuseppe qui tambourine à ma porte : « Téléphone ! ».

Je n'ai pas envie de me lever et encore moins de parler, mais je me traîne jusqu'à la cuisine où se trouve le téléphone fixe. J'imagine déjà qui est à l'autre bout du fil : un psy des services sociaux prêt à me remonter les bretelles, ou à me proposer son soutien suite à mon échec scolaire.

Mais à ma grande surprise, c'est M. Battaglia, le prof remplaçant, qui a vu les résultats. Il me demande si je veux aller boire un Coca, il peut passer me prendre en voiture. Je regarde Giuseppe qui fait oui de la tête, trop heureux de se débarrasser de moi un moment.

Au café, nous parlons de tout sauf du lycée, il me traite en égal et j'apprécie. Je suis curieux de sa vie professionnelle : comment il s'en sort en faisant si peu d'heures ? Il me répond qu'il se débrouille en donnant des cours particuliers de grec et de latin, qu'il ne veut surtout pas quitter cette ville et que pour lui, le plus important, ce n'est pas le travail, mais la nourriture de l'esprit. Je trouve sa réponse suspecte et l'avertis que, s'il a l'intention de me faire la morale, il a tout faux. Il éclate de rire.

M. Battaglia n'est pas comme les autres profs, il a dans les yeux une étincelle d'enthousiasme, quel que soit le sujet abordé. Durant cette petite heure passée ensemble, il n'utilise pas de grands mots, ne cherche pas à m'impressionner, son langage est direct et facile à décrypter.

Avant de partir, je lui serre la main et la retiens quelques secondes.

Il me dit : « Si tu as besoin de quoi que ce soit, je suis là. »

Je serre sa main plus fort pour m'assurer que ce ne sont pas des paroles en l'air. Il ne se dérobe pas, serre la mienne en retour.

Je lui dis : « Je veux voir mon père. »

La prison Pagliarelli se trouve au bord du périphérique, au cœur d'une circulation sauvage.

Je vois plein de fenêtres, des bras tatoués qui s'agitent entre les barreaux. Je vois des mères avec leurs enfants qui font coucou depuis la route.

Les façades sont d'un blanc crasseux, l'enceinte doit mesurer quatre ou cinq mètres de haut, sur le parking, il y a une camionnette aux portières ouvertes.

M. Battaglia a demandé les autorisations. Ça n'a pas dû être simple, mais il les a obtenues en quelques jours.

Alors que je suis en voiture avec l'agent chargé de m'accompagner, M. Battaglia l'appelle sur son portable pour s'assurer que tout se déroule comme prévu ; avant de raccrocher, il veut me parler : « Tout ira bien, promet-il, mais tiens-toi tranquille, là-bas, ça ne rigole pas. »

Ces mots prennent tout leur sens dès que nous sonnons à l'interphone : les grilles qui s'ouvrent et se referment rapidement, le verrouillage automatique, les longs couloirs, les gros trousseaux de clés, les papiers d'identité, les attestations à signer, les effets personnels consignés, la fouille, les questions indiscrètes, les étuis de revolver, les pas qui résonnent, les néons blafards, les gardiens qui se passent le témoin – moi.

J'arrive dans une sorte de patio : un cube étroit, quatre murs équipés chacun d'une porte grillagée. C'est l'espace dédié aux rencontres entre parents et enfants mineurs, je le comprends en voyant un détenu qui tient la main d'un petit garçon effaré. À chaque angle, il y a deux chaises et une table en plastique, on me dit d'attendre là.

La tension que je n'ai pas ressentie plus tôt déferle maintenant ; je la reconnais dans l'agitation de mes jambes qui cherchent une position, se croisent, puis se tendent pour ensuite s'enrouler autour de la structure métallique de la chaise. J'aplatis mes cheveux, boutonne mon polo, passe ma langue sur mes dents ; je n'ai pas vu mon père depuis un an. Le détenu qui marche avec son fils tente de vaincre son embarras : il le prend dans ses bras, le lance en l'air et le rattrape en riant. J'entends des pas derrière une des portes, je me tourne d'un coup, mais le bruit doit provenir des cellules alentour car je ne vois personne. J'ignore par quelle porte il va arriver, je les fixe toutes, cinq secondes chacune. Entre-temps, je prépare mon discours, ni dur ni bienveillant, un discours sec pour lui faire honte, pour lui rappeler qui il est et ce qu'il a fait de nos vies. Je pense à des questions pour réveiller sa conscience, s'il en a jamais eu une : pourquoi n'a-t-il pas quitté ma mère et ne lui a-t-il pas permis de vivre autre chose ? Pourquoi la frappait-il ? Une des grilles s'ouvre, je vois un béret et un uniforme : c'est un gardien. Il s'approche du détenu avec son petit garçon, lui fait un signe, la visite est terminée. Je regarde mes poches, je ne veux pas assister à cette scène atroce. Puis je me demande pourquoi c'est si long, s'il n'y a pas un problème, et me rends compte qu'en réalité, moins de deux minutes se sont écoulées. Je m'efforce de penser à quelque chose d'agréable, de léger ; apparaît dans mon esprit le tiroir où maman conservait les photos de famille, je recompose un cliché inoubliable : le gâteau de son trente-quatrième anniversaire, les verres en plastique rouge, moi dans ses bras, mes chaussures à boucle. Ce souvenir m'émeut un peu, mais je ne pleure pas, je sens un pincement dans ma gorge qui devient un spasme au claquement de la porte derrière moi. Je me tourne, reconnais sa silhouette, sa démarche.

Mon père.

Il s'assied en face de moi, en survêtement, un chewing-gum dans la bouche.

« Qu'est-ce que tu veux ? »

Toujours la même question, la même hostilité.

« Maman… elle… »

Et là, je me tais. Je me demande à quoi bon le lui dire. Il me fixe d'un air mauvais, gratte ses joues mal rasées.

« T'as un problème, tu sais pas parler ? »

Sa voix résonne dans ma tête, mes oreilles bourdonnent, le sang fourmille dans mes paumes.

« Papa, maman t'avait pardonné. »

Il avance sa lèvre inférieure, ouvre grand les yeux, hausse les sourcils, l'air sarcastique.

« T'es venu ici pour me dire ça ?

– Non, y a autre chose.

– Quoi ? »

En un instant, je vois défiler toute mon existence, toutes les scènes de mon adolescence volée comme dans un film : un père jamais à la maison, un frère caché, les séparations avec ma mère. J'ai l'impression de mourir, de devenir fou : une soif de vengeance m'étreint, habille mes souvenirs de haine. Puis je me rappelle cette expérience un peu spéciale, partagée avec Anna en attendant le 224, la technique pour se libérer de la colère et trouver le courage d'aimer.

Je concentre ma salive sous mon palais, la mêle à la glaire et à la rage bilieuse, la filtre entre mes dents, la mastique, la triture avec mes canines, puis je l'amène sur la pointe de ma langue.

Je crache par terre.

Après seulement, je parle.

« Moi aussi, je te pardonne. »

En rentrant de la prison, je me sens différent : plus léger, plus grand, meilleur.

J'ai compris que l'humanité se divise en deux natures, deux grandes catégories. Chaque homme appartient soit à l'une soit à l'autre. D'un côté, il y a des « cœurs-secs », ceux dont la force, l'assurance et le succès reposent sur l'exploitation des plus faibles. Un cœur-sec est un être sans pitié, sans scrupules, capable de pousser dans le fossé un désespéré. Un cœur-sec croit avoir compris la vie parce qu'il en goûte les plaisirs les plus extrêmes (le sexe, la drogue, l'argent), les plaisirs superficiels. Un cœur-sec ne sera jamais vraiment heureux, mais il ne souffre pas non plus, parce que son cœur est trop petit. De l'autre, il y a des « cœurs-bombes ». Un cœur-bombe est courageux mais fragile. Avoir une bombe à la place du cœur, c'est vivre les émotions de manière explosive et fatale, car les émotions fortes peuvent autant donner des ailes que dévorer l'âme. Le cœur-bombe oscille toujours entre deux pôles : celui du bonheur simple et spontané, et celui du désespoir le plus sombre. Un cœur-bombe est à la merci de ses sens, sans défense. Il comprend la douleur, souffre avec les autres.

Ma mère était un cœur-bombe, et son cœur a explosé quand on lui a enlevé ce qu'elle avait de plus précieux.

Mon père est un cœur-sec, mais le sait-il ?

La vie est ainsi, segment de temps insignifiant entre deux extrêmes : aimer ou ne pas aimer.

Je suis fatigué, mais de cette fatigue réconfortante qui suit une journée productive.

J'arrive juste à l'heure pour dîner à la pension et, contrairement à d'habitude, je ne reste pas dans mon coin, je parle avec les autres pensionnaires plus malheureux que moi ; je leur explique que je suis gardien de but et que je retournerai bientôt entre les poteaux, car je veux à nouveau en découdre avec la vie ; puis je leur raconte que j'ai un frère et que je tenterai encore de l'approcher jusqu'à ce qu'il m'accepte, car nous ne pouvons pas en rester là.

Après le dessert, j'aide la femme de ménage, j'insiste pour faire la vaisselle à sa place et pour qu'elle me laisse m'essuyer les mains avec son tablier magique qui lui sert à tout. Elle rit, se frotte les paupières, me dit pas question.

Avant de me coucher, je mets ma chaise sur mon lit, grimpe dessus pour atteindre la bouche d'aération, dévisse la grille et regarde à travers. Je vois la nuit et les étoiles.

Je reste une heure dans cette position délicate, émerveillé face à l'infinité des coïncidences, à l'abîme grâce auquel la lumière existe, à l'endroit où vont ceux qui cessent de vivre.

Le grondement des voitures ne me dérange plus, il me plaît même à présent : j'imagine les familles qui partent en vacances, les pères au volant, les mères avec le sac isotherme sur les genoux, les enfants qui jouent à l'arrière.

Je m'endors à minuit, sans tee-shirt, sans drap, sans rancœur envers le monde.

« Saruzzu.

– Grand-père !

– Saruzzu.

– Pourquoi tu m'appelles comme ça, comme maman ?

– Saruzzu, tourne-toi.

– Maman ?

– *Sùsiti, nesci.*

– Pourquoi je devrais me lever ? Pourquoi je devrais sortir ? Je veux rester là, avec toi.

– Saruzzu, *sùsiti, nesci.* »

Le réveil m'arrache au sommeil, j'ouvre les yeux, en sueur, ma mère a disparu, elle a rejoint l'endroit où vont tous les beaux rêves quand ils s'achèvent, quelque part en nous.

Je tends la main dans le noir, cherche mon verre d'eau du bout des doigts, puis me lève d'un bond au vacarme qui traverse la bouche d'aération. J'allume la lumière, allonge le cou pour capter chaque modulation dans l'attente d'une confirmation, et elle arrive, telle une comète, deux, trois, quatre, dix fois, rauque, protectrice, canine : les aboiements de mon chien.

Je me précipite hors de ma chambre jusqu'à la porte d'entrée au bout du couloir, tourne la clé lentement, avant de dévaler l'escalier, manquant de tomber. Arrivé dans le hall de l'immeuble, j'ai la chair de poule – dehors l'air est humide, les arbres se libèrent du givre.

Jonathan vient vers moi, son haleine fatiguée flotte comme des nuages de vapeur. Il émet un jappement semblable à un mot, ravale la bave aux coins de sa gueule et s'assied. Il existe un ordre de priorité, et ce n'est pas le moment de me sauter dessus. D'un mouvement de museau, il m'invite à regarder derrière le lampadaire, près du bac à fleurs. Je scrute dans cette direction, frémissant d'espoir : me revient en mémoire l'idée que les chiens égarés réapparaissent à l'appel d'une douleur intense ou d'un amour profond, et le temps de la douleur est pour moi révolu. Je cherche dans la nuit une lueur qui me guide, une silhouette qui me protège, une tiédeur qui soulage mon cœur meurtri. Et, fébrile, je reconnais une ombre timide sous un voile étoilé, celle d'Anna, de retour d'Australie.

Je m'approche. Je pose mes mains sur son visage, le souffle coupé.

Nous nous serrons fort, comme avant de mourir. Une étreinte nouvelle qui couve l'espoir d'une autre vie, une vie meilleure.

Anna a les seins lourds, le ventre arrondi.

Je sais à cet instant que la guerre est finie, que les bons ont gagné, et que les semences confiées à la terre ont germé à travers les ruines. Je comprends à cet instant que moi aussi je suis un cœur-bombe, que la douleur a un sens, et que contre l'obsurité impitoyable, il n'existe qu'un seul poison.

L'amour.

pcacmb
édition pré-presse
livres numériques

44400 Rezé

IMPRIM'VERT®

Achevé d'imprimer
en janvier 2024
par Corlet Imprimeur
14110 Condé-en-Normandie

Dépôt légal : janvier 2024
N° d'imprimeur : 23120231
Imprimé en France